**Robin Meyer** (*1998) stammt ursprünglich aus Bahlingen, einer rund 4.000 Einwohner zählenden Gemeinde am Kaiserstuhl nördlich von Freiburg. Derzeit lebt und studiert der angehende Sportjournalist in Hamburg.

Nach seinem Debüt mit „Falsche Familie" (2013), einem Jugendkrimi, veröffentlichte er 2016 einen biografischen Kriminalroman unter dem Titel „Fatalitäten" sowie eine Fußballchronik über „die beste Saison aller Zeiten" seines Heimatvereins Bahlinger SC. „Zwischen zwei Zeilen" ist nun bereits das vierte Werk des gerade 19-Jährigen.

Im Sommer 2017 wurde Robin Meyer für sein Essay zum Thema „Die Macht der Sprache" mit dem Scheffelpreis der Literarischen Gesellschaft Karlsruhe ausgezeichnet. Jonas Peters (TV Movie) bezeichnete seinen Schreibstil schon bei der ersten Veröffentlichung als „höchst beeindruckend".

Robin Meyer

Zwischen zwei Zeilen

Roman |

Für Oma und Opa

und für all diejenigen, die sich in einer
der Figuren wiederzuerkennen glauben

Bibliografische Information der Deutschen Nationalbibliothek:
Die Deutsche Nationalbibliothek verzeichnet diese Publikation
in der Deutschen Nationalbibliografie; detaillierte bibliografische
Daten sind im Internet über http://dnb.dnb.de abrufbar.

© 2017 Robin Meyer

Herstellung und Verlag:
BoD – Books on Demand, Norderstedt

ISBN: 978-3-7460-1785-3

www.bod.de

If you want a happy ending, that depends, of course, on where you stop your story.

| Orson Welles

» 1.

Bis zu diesem Zeitpunkt gibt es wirklich keinen Grund, mein Leben nicht zu mögen. Ehrlich gesagt könnte ich mir gar kein anderes Leben als mein eigenes vorstellen. Ich bin sehr erfolgreich in meinem Job, habe eine wundervolle Freundin und bin gerade mal 25. Und am allerwichtigsten: Ich bin glücklich. Was möchte ich also mehr.

Doch im Moment denke ich sehr viel nach, erst recht, wenn ich so viel Zeit habe wie jetzt gerade. Wenn ich nachdenke, vergesse ich, wie sehr ich friere, während ich an der U-Bahn-Haltestelle stehe und auf die nächste Bahn warte, die mich dann etwas mehr als eine halbe Stunde lang quer durch die Stadt fahren wird, mal tatsächlich unterirdisch, häufig aber auch über der Erde.

Seit einigen Tagen gibt es da diese Geschichte.

So glücklich ich auch war und bin, ist sie vielleicht das Einzige, von dem ich mir wünschte, es hätte nie zu meinem Leben gehört. Sie hat mein scheinbar perfektes Leben, das ich mir in den letzten Jahren habe aufbauen können, in nur sehr kurzer Zeit schlagartig verändert. Und ich weiß, dass ich in ein paar Monaten einmal, vermutlich auch in ein paar Jahren noch, sagen werde, dass seit diesem Sommer nichts mehr ist wie vorher.

Dabei kenne ich heute Abend ja noch nicht einmal den Ausgang dieses Sommers, und doch bin ich mir sicher, dass sich – ganz egal, wie das alles hier am Ende ausgehen wird – garantiert etwas verändert. Schon jetzt ist in mir und um mich herum einfach nichts mehr so, wie es einmal gewesen ist, und das kann es auch gar nicht mehr werden. Alleine die Erfahrung, das gerade zu erleben, verändert mich und verändert mein Leben.

Noch kann ich nicht sagen, ob und wann diese Geschichte ein Happy End finden wird. Normalerweise bin ich nie ein Fan von Happy Ends, weil ich eigentlich nichts mag, was vorhersehbar ist, aber bei mir selbst wünschte ich in diesen Tagen, es wäre ganz genau so vorhersehbar. Doch stattdessen habe ich im Moment vielmehr das Gefühl, das alles habe gerade erst begonnen, und das obwohl es sich schon seit mittlerweile zwei Wochen durch mein Leben zieht und mir dabei den Eindruck vermittelt, als sei es seit zwei Jahren Mittelpunkt meines Lebens.

Bei allem, was ich im Moment mache, denke ich an nichts anderes mehr.

Manchmal stelle ich mir vor, wie es wäre, in dieser Stadt nur im Urlaub zu sein, einfach nur kurz zu Besuch, wie vermutlich der Großteil der Menschen hier. Mein Mitbewohner Andreas hat mich einmal auf diesen Gedanken gebracht, der mich seither nicht mehr so recht loslassen möchte. Die Straßen hier würden nicht wissen, was alles schon passiert ist, und ich würde nicht mit jeder einzelnen U-Bahn-Haltestelle etwas verbinden, etwa einen Moment oder einen Menschen. Kein Haus in der ganzen Stadt könnte Bilder in mir hervorrufen, die ich nicht mehr sehen möchte, sondern vielmehr zu verdrängen versuche.

Nichts, einfach nichts hier hätte eine Vorgeschichte.

Es gibt sogar Tage, vor allem solch schlechte, wie sie in den letzten beiden Wochen leider häufiger vorgekommen sind, an denen ich die zahlreichen Touristen beneide, denn für sie hat hier in dieser Stadt tatsächlich nichts eine Vorgeschichte.

Normalerweise bin ich ein sehr positiv denkender Mensch und verwandle selbst den Dauerregen an meinem einzig freien Tag im Monat noch in etwas Gutes, aber in diesen Tagen komme selbst ich langsam an meine Grenzen. Manchmal glaube ich, beinahe sogar meinen Optimismus verloren zu haben, für den mich meine Freunde immer so sehr loben und bewundern, allen voran Andreas. Dabei denkt gerade er noch viel positiver als ich, besonders in Krisensituationen wie dieser.

Als die U-Bahn direkt vor mir hält und die Türen für mich öffnet, gehe ich gedanklich alles noch einmal durch, was ich weiß. Vielleicht habe ich ja wirklich etwas übersehen, ein winziges Detail, das mir durch die Finger gerutscht sein könnte.

Ich sollte meine Gedanken ein wenig sortieren, was mir nicht leichtfällt, doch in ein paar Stunden muss ich glaubwürdig auftreten, wenn ich meine Geschichte mutmaßlich einem Millionenpublikum erzählen darf. Wobei das für mich alles andere als eine Ehre ist, ich wünschte vielmehr, es wäre zu dieser Geschichte gar nicht gekommen.

Hoffentlich finde ich aber unter den Millionen Zuschauern zumindest eine Person, die mir gerne dabei helfen möchte, herauszufinden, was wirklich passiert ist. Die meisten verschließen sich bislang, wenn ich wieder auf dieses Thema zu sprechen komme, als seien sie es alle schon leid, darüber zu reden.

Ganz ehrlich, das bin ich auch, und ich komme immer mehr an das Ende meiner Kräfte, würde gerne sofort aufhören und mein altes Leben wieder leben, aber das bringt Celia ja wohl auch nicht zurück.

Bei meinem Studioauftritt muss alles passen, denn ich habe wohl nur diese eine Gelegenheit, so viele Menschen auf einmal zu erreichen. Unter ihnen muss einfach irgendein Strohhalm sein, an den ich mich klammern kann.

Jetzt habe ich genau 34 Minuten, bis die U-Bahn in unmittelbarer Nähe der Studios halten wird und ich aussteige. Genug Zeit also, noch einmal in Ruhe durchzugehen, was ich später vor laufender Kamera sagen werde. Im Grunde genommen brauche ich ja nur das zu erzählen, woran ich mich noch minutiös erinnere.

Dieser Freitagmorgen, es war der 25. August, war für mich eigentlich ein völlig normaler gewesen und ich hatte einen ganz gewöhnlichen Tag in der Redaktion geplant. Auch wenn das Vorhaben eines *gewöhnlichen Tages* vielleicht abwertender klingt als es gemeint ist, denn als Online-Journalist wird mir praktisch nie langweilig. Und das weiß ich auch stets, wenn ich morgens mit der U-Bahn auf dem Weg zum Verlagshaus bin.

Nachdem ich mir meine obligatorische Tasse Tee gemacht hatte, um die Zeit zu überbrücken, die der Computer mal wieder zum Starten brauchte, überflog ich meine Mails und den News-Feed im Internet. Die anstehenden Schlussfeierlichkeiten der Olympischen Spiele interessieren mich als großen Sportfan zwar sehr, doch in der Politik-Redaktion sollte ich diesen Artikel lieber überspringen.

Der Todestag von Friedrich Nietzsche, dessen Best-of-Zitate-Sammlung ich gerne gelesen hätte, aber keine Zeit war, denn ich war noch immer auf der Suche nach einem passenden Thema für meinen heutigen Videoblog.

Da es keine sensationellen Neuigkeiten gab, bereitete ich mich also darauf vor, weiter über den Wahlkampf zu sprechen, schließlich ist es nicht mehr lange hin bis zur Bundestagswahl. Und nach meiner Erfahrung machen sich die meisten Leute nicht die Mühe, das jeweilige Wahlprogramm der einzelnen Parteien zu lesen, sondern warten lieber auf eine ebenso prägnante wie verständliche Zusammenfassung von Menschen wie mir. Allerdings wird das die Fernsehzuschauer heute Abend vermutlich überhaupt nicht interessieren, denn sie werden immerhin für eine Krimi-Sendung einschalten und möchten dabei nicht unbedingt über Politik sprechen, zumal das so kurz vor der Wahl sowieso in aller Munde ist.

Es wird der Teil jenes Morgens sein, den ich dann wohl lieber überspringen sollte, meine Sendezeit ist ja auch nur begrenzt und zu dem Video war es am besagten Morgen sowieso nicht mehr gekommen. Während ich meine Moderationstexte schrieb, klingelte mein privates Handy, was zugegebenermaßen nichts Ungewöhnliches war. Als ich jedoch Lenas Namen las, merkte ich sofort, dass etwas nicht stimmte, immerhin kann ich mich nicht daran erinnern, dass Lena mich zuvor schon jemals angerufen hatte, jedenfalls schon gar nicht bei der Arbeit. Ich schrieb meinen Satz zu Ende und nahm zögernd ab.

Sie stammelte nervös etwas von Celia, von Joggen und einer Pause, dann von Verschwinden.

Lena klang nicht übermäßig panisch, aber unruhig.

Zunächst verstand ich gar nicht richtig, was sie mir erzählte. Doch als ich sie darum bat, das Gleiche nochmal ruhig zu berichten, kapierte ich, was passiert war.

Gerade hat die U-Bahn wieder angehalten, und wenn ich richtig aufgepasst habe, müsste Lena hier zugestiegen sein. Natürlich ist sie heute Abend ebenfalls mit dabei im Studio, sie ist schließlich auch die Letzte gewesen, die Celia gesehen hatte.

Von meinem Platz aus versuche ich, durch die bunte Menschenmenge den blonden Pferdeschwanz entdecken zu können, zu dem Lena ihre Haare heute garantiert wieder zusammengebunden hat, weil sie das wohl immer mache, wenn sie einen wichtigen Termin habe, meinte Celia einmal zu mir. Ich selbst hatte Lena vor dem 25. August erst ein einziges Mal bewusst gesehen, und das war auf Celias letztem Geburtstag. Vielleicht war sie auch letztes Jahr schon dabei gewesen, aber wenn, hatte ich sie damals nicht wahrgenommen.

Seit diesem Freitag vor zwei Wochen sah ich Lena natürlich ein paar Mal öfter, und doch bin ich mir nicht ganz sicher, ob ich sie unter den vielen Menschen in der vollen U-Bahn erkennen würde. Das ist auch der Grund, wieso ich fast erschrecke, als sie sich plötzlich neben mich setzt, ich hatte sie aus der anderen Richtung vermutet.

Obwohl ich sie kaum, besser gesagt fast gar nicht kenne, bin ich froh, dass sie heute Abend dabei ist. Und das trotz der Tatsache, dass sie meiner Meinung nach schon die ganze Zeit über nicht gerade den Eindruck erweckt, als liege ihr sehr viel daran, Celia zu finden. Dabei seien die beiden, zumindest soweit ich informiert bin, nicht nur Arbeitskolleginnen, sondern auch gute Freundinnen. Laut Lena sogar beste Freundinnen.

Ich denke nicht weiter darüber nach, weil es mich schlichtweg nichts angeht. Gut möglich, dass Lena das Verschwinden von Celia einfach anders verarbeitet als ich.

„Weißt du ungefähr, was du sagen möchtest?", frage ich sie vorsichtig, in der Hoffnung, sie würde die Frage bejahen und wir müssten die restliche Fahrt lang nicht mehr miteinander sprechen, der Pflichtteil wäre ja dann erledigt.

„Denke schon."

Ich beobachte, wie sie leicht mit ihrem Kopf nickt. Auch ich nicke meinerseits und denke noch einmal darüber nach, was wir gestern besprochen haben.

Lena soll dem Publikum zunächst schildern, was passiert ist, denn darum geht es eigentlich in der Sendung. Anschließend werde ich Celia ein wenig zu beschreiben versuchen, sodass die Zuschauer wissen, nach wem sie suchen sollen. Damit wären unsere Aufgaben erledigt und wir warten ab, wie sich der Moderator verhalten würde. Und, ob uns diese ganze Idee helfen wird, wovon keiner von uns beiden so wirklich überzeugt ist.

An der Endhaltestelle steigen Lena und ich aus der U-Bahn und gehen einige Schritte bis zu dem großen, weißen Gebäude mit dem gläsernen Eingang, wo uns ein gut gekleideter Mann bereits zu erwarten scheint. Beruflich war ich zuvor ein einziges Mal hier gewesen, aber nicht wie heute als Gast in einer TV-Sendung, sondern damals noch als Zeitungsredakteur für eine Hintergrundgeschichte nach einer politischen Talkshow.

Der auf mich sehr freundlich wirkende Mann führt uns durch eine Lobby voller wartender Zuschauer, die sich die Sendung vermutlich live ansehen wollen. Am Ende des großen Warteraums gelangen wir in einen Flur, von dem aus zahlreiche Türen in verschiedene Zimmer führen. Eine Tür, die mit *Studiogäste I* beschriftet ist, öffnet er für uns und begleitet uns hinein.

„Ihr werdet hier abgeholt, wenn es soweit ist."

Auf dem großen Fernseher an der Wand ist das noch leere Studio zu sehen, das sich in den folgenden Minuten zunehmend mit Publikum füllt. Da wir beide nichts zu tun wissen, sprechen wir ein weiteres Mal das ab, was wir gleich erzählen wollen. Auf diese Weise vergeht die Zeit ziemlich schnell und wir hören schon bald Applaus aus dem Studio.

„Einen wunderschönen guten Abend, liebe Damen und Herren hier im Studio und natürlich auch auf dem Sofa zu Hause zu einer neuen Folge von *Hamburg sucht*!", ruft eine männliche Stimme, als der Beifall etwas verstummt. „Ich freue mich, dass Sie heute Abend unseren Gästen wieder dabei helfen wollen, vermisste Menschen aufzuspüren."

Ich verstehe nicht alles Wort für Wort, was er sagt, kann mir aber aus Bruchstücken zusammenpuzzeln, dass er wohl bereits von unserem Fall spricht. Wieder ertönt lauter Beifall und der Mann von vorhin erscheint in unserem Warteraum.

„Los geht's", ruft er.

Auf dem Weg durch den Flur hallt die Stimme des Moderators laut und deutlich: „Und hier sind auch schon meine ersten Gäste des heutigen Abends. Begrüßen Sie mit mir Lena Schippers und Leonard Kaiser!"

Mit einem kleinen, sanften Schubser schiebt uns der Mann durch eine Türe ganz am Ende des Flures hindurch und auf einmal stehen wir mitten auf der riesigen und ausgesprochen hell beleuchteten Bühne des Studios. Lächelnd bietet uns der Moderator, der sich uns als Ryan vorstellt, einen Platz auf dem großzügigen Sofa an. Um uns herum sind unzählige Lichter und Kameras, sodass die Zuschauer dahinter beinahe nicht mehr zu erkennen sind.

Nach einem kurzen Moment des Abwartens, in dem sich Ryan an sein Ohr fasst, verschwindet das Lächeln aus seinem Gesicht und er wendet sich uns ernst zu.

„Es ist jetzt genau zwei Wochen her, dass die 24-jährige Celia Fischer auf einmal spurlos verschwunden ist. Frau Schippers, Sie arbeiten gemeinsam mit ihr in einem Touristikunternehmen und treffen sich gelegentlich auch privat, wie man mir sagte. Zum Beispiel gehen Sie gerne gemeinsam joggen, nicht wahr?"

Lena sieht den Moderator an, als würde sie ihm zwar zuhören, aber nicht verstehen, was er sagt. Sie wirkt, möglicherweise beeindruckt durch die vielen Kameras, etwas abwesend und mit ihren Gedanken ganz woanders. Dennoch nickt sie heftig mit ihrem Kopf und sieht dabei auf Ryans Moderationskarten.

„Auch am Freitagmorgen vor zwei Wochen sind Sie gemeinsam mit Celia Fischer zum Sport in den Hirschpark gegangen, von dort aber alleine zurückgekehrt", fährt Ryan in einer beeindruckend professionellen Ruhe fort.

Wieder stimmt Lena ihm zu.

„Ja, das ist richtig."

„Können Sie uns und den Zuschauern sagen, was an diesem Morgen des 25. August genau passiert ist?"

Er sieht zu Lena, die wohl gemerkt hat, dass das nun ihr Einsatz ist, um zu erzählen, was sie erzählen wollte. Sie blickt von ihrem fixierten Punkt irgendwo in der Nähe der Hände des Moderators auf, setzt sich aufrecht und dreht sich ein Stück zu den Kameras.

Dann beginnt sie langsam zu erzählen: „Celia und ich trafen uns um neun Uhr bei mir zu Hause, wie wir es schon öfter getan hatten, wenn wir beide Urlaub haben. Sie liebt es, durch den Hirschpark zu joggen, weil die Strecke nicht zu lange ist und man das Gefühl hat, dass man mitten durch einen wundervollen Wald weit außerhalb einer Großstadt läuft. Erst kürzlich hat sie zu mir gesagt, das sei ein richtig befreiendes Gefühl."

Was mich verwundert ist, dass Lena keine Miene verzieht, während sie erzählt. Ich hatte nicht erwartet, dass sie zu weinen beginnt oder so etwas in der Art, aber sie macht den Eindruck, als hätte sie diesen Text exakt so auswendig gelernt und müsse sich konzentrieren, dass sie die Formulierungen so beibehält, wie sie sie sich zu Hause überlegt hat, vielleicht ja erst gestern Abend oder sogar noch heute Morgen.

„Von meinem Haus sind es etwa fünfhundert Meter bis zum Hirschpark", erklärt sie weiter. „Wir joggten in einem angenehmen Tempo, unterhielten uns dabei über die Neuigkeiten aus aller Welt und genossen den kühlen Wind, der an diesem Morgen noch durch die Stadt zog."

Obwohl ich Lena wie bereits erwähnt nicht allzu gut kenne, bin ich eigentlich überzeugt davon, dass ihr Sätze wie diese nicht spontan einfallen würden. Ich versuche, das aber nicht weiter zu verurteilen, immerhin habe ich sie nie als sehr spontan erlebt und so ist es keine Überraschung, dass sie vorbereitet ins Fernsehen gehen wollte.

Auch ich dachte sehr lange darüber nach, was ich heute Abend vor laufender Kamera genau sagen oder welche Details ich besser weglassen würde, sodass bei mir vermutlich ein ähnliches Konzept zusammengekommen sein muss, wie ich es bei ihr vermute.

„Nachdem wir im Park angekommen waren, merkte ich, dass Celia unruhiger wurde, und fragte nach, was mit ihr los sei. Sie sah sich um und meinte, sie habe vergessen, zu Hause noch einmal zur Toilette zu gehen und müsse eine kleine Pause einlegen. Anschließend verschwand sie hinter einem der in diesem Park dicht aneinandergereihten Bäume. Und ich wartete. Sah in ihre Richtung. Lauschte, ob ich etwas von ihr hörte."

Im Studio herrscht beeindruckende Stille.

„Als ich ungeduldig wurde und es mir zu lange ging, lief ich dorthin, wo ich dachte, sie hingehen gesehen zu haben. Aber Celia war nirgends, sie war plötzlich verschwunden. Bis jetzt kann ich mir nicht erklären, wie das passieren konnte, da ich sie eigentlich nicht aus den Augen gelassen habe und sie doch irgendwo hingegangen sein muss."

Zum ersten Mal wirkt Lena ein wenig verzweifelt bei dem, was sie sagt. An jenem Freitag, als sie mir diese Geschichte am Telefon zum zweiten Mal in ruhigerer Form erzählt hatte, war sie bis zu genau dieser Stelle ähnlich sortiert gewesen wie heute Abend, ähnlich analytisch und strukturiert in der Erzählweise, auch wenn es dort gerade ein paar Minuten zuvor erst geschehen sein musste, wie sie selbst sagte.

Damals wie heute verstehe ich nicht, woher sie diese Ruhe nehmen konnte, ich könnte das nicht. Vielleicht bin ich aber auch einfach ein anderer Typ als sie.

„Was haben Sie danach gemacht?"

Ryan rückt den Kragen seines Anzugs zurecht.

„Erst einmal wusste ich gar nicht so richtig, was ich machen sollte. Natürlich hätte ich den ganzen Park absuchen können, aber ich hielt es für sinnvoller, das nicht alleine zu machen. Da Celia derzeit niemanden hat, den man einen festen Freund nennen würde, war Leonard der Erste, der mir einfiel, ihr bester Freund. Er war keine halbe Stunde später bei mir und hat mit mir gemeinsam die Gegend abgesucht, aber es gab nicht einmal den kleinsten Hinweis, was mit Celia passiert sein könnte."

Ich nicke bestätigend. Genau so war es passiert, zumindest den letzten Teil kann ich hundertprozentig bestätigen, da ich selbst dabei gewesen bin. Nach dem Anruf von Lena hatte ich mich sofort bei meinem Chef abgemeldet und den Videoblog an meinen Kollegen Sebastian abgegeben, der mit der Vorbereitung seiner Radiosendung nämlich schon fast fertig gewesen war. Mit der nächsten U-Bahn fuhr ich zum Hirschpark, wo Lena bereits an der Haltestelle auf mich gewartet hatte. Zu ihrer Geschichte ist also nichts mehr zu ergänzen.

Ryan wendet sich nun mir zu.

„Frau Schippers bezeichnete Sie, Herrn Kaiser, eben als den besten Freund der Vermissten. Haben Sie denn gar keine Idee, wohin Celia Fischer gegangen sein oder was sie vorhaben könnte?"

Ich runzle ein wenig meine Stirn, weil ich auf diese zugegeben provokative Frage im ersten Moment am liebsten mit meiner üblicherweise etwas sarkastischen Art geantwortet hätte, die ich, der live laufenden Kamera wegen, aber doch ein wenig zurückhalten wollte. Natürlich halte ich diese Frage dennoch für ziemlich lächerlich, denn wenn ich wüsste, was Celia geplant haben könnte oder wenn ich auch nur den kleinsten Ansatz einer Idee hätte, wo sie ist, würde ich die breite Masse des millionenschweren Fernsehpublikums nicht um Hilfe bitten.

Doch da ich selbst Journalist bin, nehme ich mir lieber vor, gelassen zu reagieren und einigermaßen professionell auf die Frage einzugehen.

„Leider habe ich wirklich absolut keine Idee, was mit Celia passiert ist."

Kurz suche ich nach der richtigen Formulierung.

„Ich kenne sie mittlerweile schon dreizehn Jahre und so etwas passt überhaupt nicht zu ihr. Sie würde niemals einfach so verschwinden, ohne irgendjcmandem vorher Bescheid zu geben oder zumindest etwas anzudeuten. Als ich mich zwei Tage zuvor noch mit ihr getroffen hatte, war sie völlig normal gewesen. Dass sie dann plötzlich verschwindet und sich jetzt seit zwei Wochen nicht gemeldet hat, ist mehr als ungewöhnlich für sie."

Ich möchte ganz ehrlich sein: So wirklich glaube ich nicht daran, dass diese Fernsehsendung mir ernsthaft dabei helfen kann, Celia wiederzufinden. Es muss schon ein denkbar günstiger Zufall sein, wenn jemand an genau diesem Freitagmorgen in genau diesem Bereich des Hirschparks gewesen ist und beobachtet hat, was Celia getan hatte, sich außerdem heute Abend noch diese Sendung ansieht und zusätzlich die Überwindung besitzt, anzurufen und der Redaktion zu schildern, was genau er gesehen hat, und das uns wiederum dabei hilft, sie zu finden.

Klar, ich versuche optimistisch zu bleiben, wie ich es immer versuche zu tun, doch um mir selbst nichts vorzumachen – für wahrscheinlicher halte ich fast schon, dass ich ihr auf dem Nachhauseweg von der Sendung einfach über den Weg laufe. Aber wer weiß, vielleicht sieht sich Celia selbst sogar meinen Suchaufruf am heutigen Abend an. Sie könnte ja auch unter den Anrufern sein, sich von selbst melden und ihrerseits erzählen, was passiert ist.

Ich belächle meinen eigenen Gedanken. Wie soll das denn bitte ablaufen? Soll dann plötzlich mein Handy klingeln, sie sich am anderen Ende melden und mir so etwas sagen wie *Hey, hier bin ich wieder*?

„Herr Kaiser?"

Ryan reißt mich aus meiner Gedankenwelt. Ich hatte völlig vergessen, dass wir ja noch immer auf Sendung sind und ich noch immer auf diesem Sofa sitze, die Kameras auf mich gerichtet, und die Zuschauer hier im Studio und zu Hause nach wie vor auf eine Antwort von mir warten. Ein wenig irritiert frage ich nach, was mich der Moderator eben gefragt hatte.

„Können Sie uns und den Fernsehzuschauern zu Hause beschreiben, wo sich Celia Fischer gerne aufhält? Geht sie gerne in Cafés, Bars oder doch lieber auf Konzerte?"

Mit zunehmender Dauer des Gesprächs denke ich vermehrt darüber nach, ob es wirklich eine gute Idee gewesen ist, diesen Aufruf bei *Hamburg sucht* zu starten. Schon leicht genervt von den Fragen des Gastgebers antworte ich jetzt doch sarkastischer als vorgenommen.

„Glauben Sie wirklich, Celia würde sich zwei Wochen lang bei niemandem von ihren Bekannten und Freunden melden, aber durch die Straßen gehen, als sei nichts passiert? Denken Sie, sie würde heute Abend in die nächste Bar spazieren, weil sie gerade nichts anderes zu tun hat?"

Ich drehe mich weg von Ryan und sehe in die Kamera mit dem roten Punkt, weil man mir erklärt hatte, dass immer an der Kamera, von der aus gerade gesendet wird, ein roter Punkt aufleuchtet.

„Liebe Zuschauer, glauben Sie mir, etwas stimmt nicht mit Celia. Es ist nicht normal, dass sie sich für eine so lange Zeit bei niemandem meldet und im Vorfeld nichts und niemandem etwas gesagt hat. Wenn also jemand von Ihnen an jenem Freitagmorgen etwas gesehen hat, bitte ich Sie inständig: Rufen Sie an und sagen Sie, was Sie gesehen haben. Wir brauchen Ihre Hilfe wirklich! Ich weiß, das ist jetzt eine Floskel, wie sie vermutlich jeder benutzt, der hier auf dem Sofa sitzt, aber jedes noch so kleine Detail kann schon entscheidend sein. Also zögern Sie nicht und rufen Sie bitte an. Denn ich weiß echt nicht, was ich sonst noch tun soll."

Ryan sieht mich an und zögert einen Moment. Dann schließt er sich meinem Aufruf an: „Sie haben gehört, was zu tun ist. Melden Sie sich bei uns, wenn Sie etwas gesehen haben, das mit dem Verschwinden von Celia Fischer zu tun haben könnte. Die Nummer sehen Sie unten eingeblendet und finden Sie auch jederzeit im Teletext oder online unter *hamburg-sucht.de*. Danke für Ihre Mithilfe! Und damit verabschieden wir unsere beiden ersten Gäste des heutigen Abends, Lena Schippers und Leonard Kaiser."

Unter freundlichem Beifall werden wir aus dem Studio begleitet. Zurück im Warteraum, in dem wir unsere Sachen zurückgelassen hatten, genieße ich erstmal die Ruhe und denke erneut darüber nach, ob das gerade eigentlich etwas gebracht hat. Doch ich nehme mir vor, das nicht weiter zu tun, schließlich war es ein Versuch doch bestimmt in jedem Fall wert.

Im schlimmsten Fall bekommen wir keine einzige neue Spur und Lena und ich haben einen Abend verschwendet, an dem wir womöglich anderweitig hätten effektiver suchen können. Wenn ich nur wüsste, wo.

In den letzten zwei Wochen haben wir natürlich schon alle nur möglichen Orte abgesucht, wo Celia sein könnte. Mit jeder Stunde macht sich der Gedanke in meinem Kopf breiter, es könnte etwas passiert sein, und nach nun zwei Wochen glaube ich sogar ein wenig daran. Mein Mitbewohner Andreas sagt, ich wolle mir vielleicht auch einfach nur nicht eingestehen, dass sie mir vor einem freiwilligen Verschwinden nicht Bescheid gesagt hätte.

Möglicherweise hat er recht damit, dass ich sogar so weit gehen würde und mir beinahe wünsche, es wäre etwas passiert, nur um nicht von Celia enttäuscht zu sein. Und vielleicht hat er auch recht, wenn er mir klarzumachen versucht, dass ich schon alles versucht hätte und dass irgendwann auch ich an meine Grenzen kommen werde. Nach dem TV-Aufruf habe ich in der Tat keine Idee mehr, welche Suchmittel ich noch einsetzen könnte.

Am letzten Dienstag habe ich etwas Ähnliches nämlich bereits über das Radio versucht. Mein Arbeitskollege Sebastian hat glücklicherweise eine eigene Radiosendung hier in Hamburg, mit der er jeden Dienstagmorgen auf Sendung geht. Ich bot ihm eine Kiste Bier an, wenn er mir fünf Minuten seiner Sendung für einen Suchaufruf geben würde. Er meinte später, er hätte es auch einfach so getan, erwarte den Kasten aber nun bereits morgen früh bei der Arbeit. Immerhin gelang es ihm, mich damit zum Lachen zu bringen. Einmal mehr sagte er mir, als ich ihm heute Morgen von meinem Auftritt im Fernsehen erzählte, er bewundere meinen Einsatz für Celia und er hoffe sehr für mich, dass ich sie finden würde. Ich weiß, dass er das auch wirklich tut.

Leider sind trotz meines Aufrufs in Sebastians Sendung im Radio bislang kaum brauchbare Hinweise bei ihm eingegangen. Die einzig ernstzunehmenden Einsendungen kamen von Hundebesitzern, die an diesem Morgen mit ihren Tieren in der Nähe des Parks gewesen sind und Lena und Celia gemeinsam gesehen hatten.

Vorangebracht hat mich davon ehrlich gesagt nichts.

Auch bei der Vermisstenstelle in Hamburg habe ich mein Glück bereits versucht, doch dort scheint alles ein bisschen langsamer zu funktionieren, als ich es mir vermutlich gewünscht hätte. Man erklärte mir, dass es sich bei Celia weder um ein Kind noch um eine alte, kranke oder desorientierte Person handle und außerdem keine Hinweise auf Gefahr beständen, daher habe mein Fall zunächst einmal keine Priorität. Ich verstehe die diplomatische Vorgehensweise zwar, objektiv betrachtet zumindest, doch sie bringt mich ebenso wenig weiter bei meiner Suche und ich habe mittlerweile auch aufgegeben, ernsthaft auf die Kommissare setzen zu können. Scheinbar gibt es in Hamburg derzeit einfach wichtigere Fälle zu bearbeiten.

Um nicht die Zeit bloß abzusitzen, musste ich also meine eigene Suche beginnen und mir fielen, bedingt durch meinen Job als Journalist, nun mal gleich Radio und Fernsehen ein. Vielleicht hilft Letzteres ja tatsächlich, das werde ich nach dem heutigen Abend sehen.

Erschöpft falle ich in mein Bett, als ich endlich zu Hause ankomme. Es ist das erste Mal an diesem Abend, an dem ich den ganzen Menschen entfliehen kann. Auch das mag wiederum abwertender klingen als gewollt, aber es gibt bei mir irgendwann einen Zeitpunkt, an dem ich niemanden mehr hören und sehen möchte.

Ich bin fast schon eingeschlafen, als Andreas auf einmal in meiner Zimmertür steht.

„Wie ist es gelaufen?", möchte er wissen. Er muss gehört haben, als ich wiedergekommen bin.

Eigentlich habe ich keine Lust mehr, darüber zu sprechen, geschweige denn überhaupt zu sprechen, ich möchte schlafen und wenigsten für ein paar Stunden nicht mehr an das Ganze denken.

Trotzdem überwinde ich mich dazu, Andreas zuliebe. Ohne meinen Kopf vom Kissen anzuheben, fasse ich kurz zusammen, was passiert war und merke dabei, dass er sich in der Zwischenzeit auf meine Bettkante gesetzt hat. Allzu aufregend war der Abend nicht gewesen, abgesehen von der Tatsache, dass wir live im Fernsehen zu sehen waren. Was vor der Kamera passiert ist, hat er ja ohnehin live in der Sendung gesehen, und viel mehr gibt es auch nicht zu erzählen. Trotzdem merke ich, dass ich nicht aufhören kann, über diese Geschichte zu sprechen.

„Es gibt Momente, in denen ich darüber nachdenke, einfach nicht mehr weiterzusuchen", gestehe ich leise, während Andreas sich bereits mit den Händen auf meinem Bett abgestützt hat, um wieder aufzustehen. „Ich möchte einfach, dass das alles zu Ende ist. So wie vorher. Ich will wieder morgens zur Arbeit fahren, abends stundenlang fernsehen und sonntags Golf spielen, ohne bei all dem daran zu denken, was ich noch nicht probiert haben könnte, um sie zu finden, weißt du?"

Eigentlich habe ich das mehr zu mir als zu Andreas gesagt und nicht unbedingt eine Antwort erwartet, doch ich höre ihn tief Luft holen.

Lange sagt er nichts und steht stattdessen auf.

„Wir hören erst dann mit etwas auf, wenn wir zufrieden mit uns selbst sind. Keinen Schritt vorher", flüstert er. „Wenn du also nicht zufrieden damit leben kannst, dass sie nicht wiederkommt, gib nicht auf. Du würdest hinterher sonst ewig bereuen, es getan zu haben. Und glaub mir, das Nachdenken darüber, was du eventuell noch hättest tun können, wird wirklich nie aufhören."

„Was kann ich denn noch tun?", frage ich verzweifelt.

„So viel, bis du selbst glaubst, es ist genug. Oder so viel, bis du es geschafft hast. Vermutlich wird es für dich erst dann wirklich genug sein."

» 2.

Am nächsten Morgen schwirrt mir noch immer das Gespräch mit Andreas von gestern Abend durch den Kopf. Irgendwie hat er recht mit dem, was er mir gesagt hat, glaube ich zumindest. Von seinem Rat halte ich sehr viel, weil er mich nicht nur sehr gut kennt, sondern auch stets richtiggelegen hat. Selbst wenn mir Andreas keinen Rat gibt, sondern ich einfach nur etwas loswerden muss, findet er immer die richtigen Worte im richtigen Moment.

Als ich ihn einmal darauf angesprochen habe, meinte er, er bilde sich seine Meinung zu verschiedenen Themen meist zu einhundert Prozent aus dem Bauch und noch ein bisschen aus dem Kopf. Wahrscheinlich ist es das, was man als begeisterter und höchst ambitionierter Student für Geschichte und Philosophie an unserer Universität Tag für Tag lernt. Falls ja, bewundere ich die Arbeit der Professoren dort wirklich.

Ich bin nun in der Tat entschlossen, meine Suche nicht aufzugeben. Sicherlich würde ich mir dann nämlich wirklich genau das vorwerfen, einfach aufgegeben und scheinbar doch nicht alles, nicht den letzten, vielleicht entscheidenden Schritt getan zu haben. An irgendeinem Ort ist Celia schließlich, sie hat ja nicht aufgehört zu existieren. Ich muss nur herausfinden, wo das ist.

Gespannt wie ein kleines Kind an Weihnachten klappe ich meinen Laptop auf und prüfe mein E-Mail-Postfach. Es könnten ja neue Nachrichten von der Redaktion von *Hamburg sucht* auf mich warten. Oder neue Nachrichten von Sebastian, weil sich jemand zur Radiosuche gemeldet hat. Oder neue Nachrichten von der Vermisstenstelle, weil sie dort jetzt doch, nach etwas mehr als zwei Wochen, angefangen haben, mir bei der Suche zu helfen. Oder sogar eine Nachricht von Celia selbst.

Ich spüre, dass mir die paar Stunden Schlaf gutgetan haben und ich wieder optimistischer bin, ich endlich wieder neue Hoffnung habe, Celia finden zu können. Vermutlich freue ich mich auch einfach darauf, dass heute Samstag ist und ich mich voll auf die Suche konzentrieren kann, ohne gewissermaßen nebenbei noch zu arbeiten.

Noch bevor ich jedoch dazu komme, alle der insgesamt acht neuen Mails zu lesen, blinkt auf einmal eine Nachricht auf meinem Handy auf und nimmt meine komplette Aufmerksamkeit ein. Das darf sie auch, immerhin kommt sie von meiner Freundin.

Mit Juneau bin ich seit mittlerweile fast sechs Monaten in einer Beziehung. Eigentlich hätte ich mir gewünscht, dass sie von dieser ganzen Geschichte so wenig wie möglich mitbekommt, weil sie selbst gerade genügend andere Sorgen hat und ich ihr nicht auch noch meinen Teil aufladen möchte. Trotzdem schätze ich sehr, wie sehr sie seit zwei Wochen mit mir leidet und mich immer wieder aufzumuntern versucht. Ohnehin ist Juneau eine unglaublich fürsorgliche Person und arbeitet tagsüber vermutlich an genau der richtigen Stelle, nämlich als Pflegerin in einer Einrichtung für Menschen mit Behinderung. Es tut mir fast schon leid, dass wir uns seit meiner Suche nach Celia weniger gesehen haben als sonst üblich, was aber sogar nicht ausschließlich an mir, sondern teilweise auch an ihren Überstunden liegt, von denen es sehr viele gibt in letzter Zeit, wie ich finde.

Kennengelernt haben wir beide uns ganz typisch auf einer WG-Party vor fast einem halben Jahr. Andreas und ich sind strikt dagegen, Abende wie diese bei uns zu veranstalten, weil wir beide wohl viel zu wenig Talent im Organisieren, aber ganz besonders auch im Aufräumen solcher Veranstaltungen haben. Das bedeutet allerdings nicht, dass wir nicht gerne mal auf eine WG-Party gehen, wenn sie woanders stattfindet. Anfang des Jahres war es Pia, eine alte gemeinsame Freundin von Celia und mir, die bei sich zu Hause anlässlich ihres Geburtstages einlud. Ich plante zunächst sogar, ihre Einladung nicht anzunehmen, denn ich hatte sie früher zwar gemocht, ihren Freundeskreis aber immer für etwas seltsam gehalten und daher nie allzu viel mit ihr zu tun gehabt. Da ich eben diese Menschen auf der Party vermutete, hatte ich nicht vor, dort aufzutauchen, was mir Celia mit aller Mühe auszureden versuchte und letztlich auch schaffte. Dafür bin ich ihr rückblickend natürlich sehr dankbar, denn sonst hätte ich meine Freundin vielleicht nie kennengelernt.

Weshalb Juneau auf dieser Party gewesen ist, weiß ich ehrlich gesagt bis heute nicht so ganz genau. Sie hält an der Version fest, sie habe Pia einige Wochen vor dem Geburtstag in einer Bar in der Stadt kennengelernt und eine Einladung bekommen, weil sich die beiden spontan gut verstanden hatten. Irgendwie bin ich aber nicht so recht überzeugt von dieser Geschichte, obwohl ich mir nicht einmal erklären kann, wieso.

Vielleicht ja, weil ich von Pia glaube, sie würde nicht einfach fremde Menschen zu ihrem Geburtstag einladen und dazu noch zu sich nach Hause. Kann sein, dass sie sich mit der Zeit in dieser Hinsicht aber auch verändert hat. Oder, dass sie mit Juneau eine sehr positive Erfahrung machte, da wäre sie schließlich nicht die Einzige.

Als ich Andreas einmal davon erzählt habe, dass ich der Einladungsgeschichte nicht so recht glauben kann und mir Gedanken mache, ob und wieso Juneau mich mit einer falschen Geschichte anlügen sollte, meinte er, das sei völliger Blödsinn. Er sagte mir, ich solle damit aufhören, mir irgendwelche Probleme auszudenken, die es einzig und alleine in meinem Kopf gibt, wegen welchen es mir dann allerdings wirklich schlechtgeht. In der Tat war es nicht das erste Mal, dass ich negative Dinge einfach als gegeben annahm, in meinen Gedanken, ohne dass sie in der Realität wirklich passiert sind.

Also habe ich akzeptiert, dass Juneau an diesem Abend dagewesen war und ich auch. Und, dass wir uns erst sehr lange auf dem Sofa unterhielten, auf das ich mich eigentlich gesetzt hatte, um dem ganzen Trubel mit den vielen Menschen für einen Moment zu entfliehen und mit niemandem mehr reden zu müssen. Dass wir unser Gespräch danach lieber doch in ein ruhigeres Nebenzimmer verlagerten und dass aus dem Gespräch schließlich immer weniger Worte wurden. Nicht darüber nachzudenken, sondern lediglich daran zurückzudenken, ist zugegebenermaßen ein ungleich schöneres Gefühl.

Natürlich lese ich Juneaus Nachricht vor allen anderen lapidaren Mails. Sie fragt nach, wie es mir gehe und wie ich in der letzten Nacht geschlafen hatte nach meinem aufregenden Abend im Fernsehen.

Statt auf ihre Fragen zu antworten, beschließe ich, später bei ihr vorbeizufahren. Da sie gestern eine Spätschicht hatte, müsste heute ihr freier Tag sein, und ich denke, das sollte auch mir guttun und mich zumindest für ein paar Stunden von der Suche ablenken, was dieser gleichzeitig sicherlich nicht schaden würde. Zumindest den Emojis nach zu urteilen, scheint sich Juneau über meine Idee zu freuen.

Noch während ich ihre letzte Nachricht lese, höre ich Andreas in mein Zimmer kommen.

„Morgen", ruft er mit noch etwas kratziger Stimme, als sei er kaum ein paar Minuten wach. „Gibt es schon Neuigkeiten von gestern Abend?"

Einen kurzen Moment überlege ich, was er meint, ehe mir plötzlich wieder einfällt, wozu ich meinen Laptop zuvor so eilig angeschaltet habe. Für eine Weile scheine ich das Ganze tatsächlich so etwas wie vergessen zu haben, doch dank der Erinnerung von Andreas bin ich binnen Sekunden wieder komplett in der Suche, lege hastig mein Handy weg und greife nach meinem Laptop.

Mit einem kurzen, prüfenden Blick scanne ich die Absender der ungelesenen E-Mails, von denen die meisten von solchen Mailinglisten stammen, bei denen man sich irgendwann einmal eingeschrieben hatte, oder eine dieser Newsletter sind, für die man sich nie bewusst angemeldet hat und die man eigentlich auch schon längt abbestellen wollte. Nichts von alldem stammt von *Hamburg sucht*, nichts von Sebastian, nichts von der Vermisstenstelle. Und auch nichts von Celia.

Enttäuscht bin ich nicht, denn irgendwie hatte ich damit gerechnet und war bereits darauf vorbereitet gewesen, dass ich in gerade einmal zwölf Stunden noch keine bahnbrechenden Hinweise erwarten konnte. Trotzdem erwische ich mich dabei, wie sich von meiner Motivation, die über Nacht wieder auf einhundert Prozent aufgeladen wurde, ein kleines Stück prompt verabschiedet.

Einer der Absender ist allerdings dennoch sehr interessant und ich lese diese Nachricht als Einzige. Sie wurde gestern Abend offenbar unmittelbar nach der Livesendung abgeschickt. Die E-Mail stammt von einem Mann namens Marco Kranich, dessen Namen mir noch nie zuvor in irgendeinem Zusammenhang begegnet ist. Er stellt sich vor als Journalist, genau wie ich, und als Redakteur für das Magazin *On Hold*, einem monatlich erscheinenden Lifestyle-Magazin für junge Menschen in ganz Deutschland. Weiter schreibt Marco Kranich, er wolle mich gerne für die nächste Ausgabe interviewen, weil er bewundere, wie sehr ich mich für die Suche nach meiner besten Freundin engagiere, und weil er sich sicher sei, dass seine Meinung viele junge Leute teilen würden. Außerdem glaube er, wohlgemerkt mit einem Augenzwinkern, dass meine Erfolgsaussichten bei der Suche stiegen, je mehr Menschen von mir und meiner Geschichte erfahren würden. Darunter fügt er seine Mobilnummer an mit dem Hinweis, ich könne ihn auch am Wochenende erreichen.

Im ersten Moment bin ich von der Idee wenig begeistert, denn ich glaube nicht an einen ernstzunehmenden Effekt auf meine Suche durch ein Interview in einem Magazin, das überwiegend Studenten lesen und solche Leute, die gerne wie Studenten leben würden. Ich weiß, wovon ich spreche, denn Celia hat *On Hold* abonniert und ist besonders von den dort angebotenen Artikeln über das Leben junger Menschen und den Unterhaltungstipps ein großer Fan. Selbst hatte ich bislang nie ein Heft in der Hand.

Aber mit einem Blick auf all das, was ich bislang schon unternommen habe, und auf dessen Erfolgsquote bin ich eigentlich um jede weitere noch so kleine Chance und vor allem um jede weitere Hilfe sehr dankbar.

„Was hast du schon zu verlieren?"

Andreas steht noch immer hinter mir und hat wahrscheinlich mitgelesen, wie seinem Blick zu entnehmen ist, als ich mich zu ihm umdrehe.

„Überleg doch mal: Selbst, wenn es dich bei der Suche keinen Schritt weiterbringt, weil die meisten Leser aus Baden-Württemberg oder dem Saarland stammen und dir von dort aus gar nicht helfen können, auch wenn sie wollten, sicherst du dir die Sympathien aller jungen Menschen. Und immerhin der Redakteur ist von hier und scheint zu wollen, dass sich deine Suche lohnt. Zumindest für irgendwas."

Obwohl das Ziel meiner Suche ganz und gar nicht war, damit deutschlandweit bekannt zu werden, stimme ich dem Interview zu. Ich möchte nicht, dass das nun eingebildet klingt, wenn ich es über mich selbst sage, aber mein

Einsatz für Celia ist sicherlich tatsächlich so etwas wie bewundernswert, wenn man das so formulieren möchte.

Während ich mit Marco Kranich telefoniere, vereinbare ich noch heute Nachmittag ein Treffen. Natürlich habe ich mir vorgenommen, mich an diesem freien Samstag nichts anderem als der Suche zu widmen, dabei wüsste ich sowieso nicht, was ich abgesehen von dem Warten auf neue Nachrichten aus allen Richtungen den ganzen Tag machen sollte. Und irgendwie gehört für mich das Treffen zumindest in gewisser Weise auch mit dazu.

» 3.

„Also, Leonard."

Marco Kranich hat mir am Telefon bereits angeboten, sich unter Journalistenkollegen direkt zu duzen, was mir sehr angenehm ist. Bei unserem Telefonat war er mir ziemlich sympathisch gewesen und so glaube ich ihm nach kurzer, anfänglicher Skepsis mittlerweile auch, dass er für *On Hold* schreibt.

Ohne zu zögern hatte er sogar eingewilligt, mich bei uns zu Hause zu besuchen. Grundsätzlich lade ich gerne andere Menschen zu Andreas und mir nach Hause ein, was aber nicht etwa darauf zurückzuführen ist, dass wir eine besonders schöne oder große Wohnung hätten, sondern eher den ganz pragmatischen Grund hat, dass ich weder im Besitz eines Autos noch eines Führerscheines bin.

Dabei fehlt mir nichts, denn ich liebe das U-Bahn-Fahren, das ich für wesentlich preiswerter und zudem für sehr viel entspannter halte als die stressigen Autofahrten. Zudem kann ich etwas Sinnvolles mit der Zeit anfangen, in der ich mich auf dem Weg befinde. Aus meiner Sicht also gleich mehrere Gründe, den hier übrigens hervorragenden öffentlichen Nahverkehr zu bevorzugen.

Noch während sich Marco Kranich an unseren Esstisch setzt und ich gerade dabei bin, ihm seine gewünschte Tasse Kaffee und etwas Gebäck aus der Küche zu bringen, packt er sein Tablet aus der Tasche.

„Erzähle mir doch einfach noch einmal ganz genau, von vorne angefangen, was mit deiner besten Freundin seit letzten Freitag passiert ist."

Ich bemühe mich, sehr detailliert zu sein und nichts auszulassen, als ich die Situation beschreibe, wie sie vor zwei Wochen gewesen ist und wie Lena es beinahe identisch, aber weniger akribisch, bereits am Vorabend getan hat. Zwar beteuert Marco, die Sendung gestern Abend gesehen zu haben, doch er schreibt bei allem, was ich sage, äußerst fleißig auf seinem Tablet mit und kommt so fast gar nicht dazu, seinen Kaffee zu genießen. Erst nach meiner ausführlichen Beschreibung des Tatmorgens merke ich seine Hektik und lege eine kurze Pause ein.

„Das hätten wir also", freut sich Marco, „jetzt aber zu dem, wieso ich eigentlich hier bin, denn in der Story soll es schließlich um dich und deinen mustergültigen Einsatz für deine beste Freundin gehen."

Zum ersten Mal sieht er von seinen Notizen auf.

„Was hast du gemacht, nachdem du von den Ereignissen am besagten Freitag erfahren hast?"

Ich überlege kurz, aber nicht, was passiert war, sondern wie ich es formulieren solle, um nichts Falsches zu sagen. Schließlich habe ich oft genug auf der anderen Seite des Tisches gesessen und weiß genau, was Journalisten gerne von ihren Interviewpartnern hören.

„Lena rief mich an und ich wusste gleich, dass etwas nicht stimmte, wenn sie mich anrief. Also fuhr ich sofort zum Hirschpark. Den geplanten Videoblog übernahm mein Kollege für mich, er hatte es mir angeboten, damit ich mir den restlichen Tag freinehmen konnte. Kaum war ich dort, suchten Lena und ich nach Celia, doch auch nach einer ganzen Weile blieben wir noch immer erfolglos."

„Aber du hast nicht einfach aufgegeben und dir gedacht, sie würde schon irgendwann zurückkommen, nicht wahr?", hakt Marco nach.

Ich nicke und erzähle weiter.

„Es passt einfach nicht zu Celia, dass sie von einem Moment auf den nächsten abtaucht, ganz ohne irgendjemandem etwas davon zu erzählen. Nicht ihrer Freundin, nicht mir, einfach niemandem. Halte mich für verrückt, aber was sie betrifft, habe ich ein unwahrscheinlich gutes Gespür, und ich wusste schon bei Lenas Anruf, dass mit Celia etwas nicht stimmte. Da war dieses Gefühl im Bauch, das mir die höchste Alarmstufe signalisierte."

Noch im gleichen Moment überlege ich, ob es eine gute Idee war, das gesagt zu haben, ohne meine Glaubwürdigkeit aufs Spiel zu setzen. Doch Marco scheint genau diese Stelle sehr zu interessieren und er schreibt noch lange, nachdem ich ausgesprochen habe, weiter eifrig und wild gestikulierend auf seinem Tablet.

Ohne den Kopf anzuheben fragt er nach: „Aber im Park konntest du sie nicht finden und auch keinerlei Anzeichen dafür, wohin sie gegangen sein könnte, richtig?"

Wieder bestätige ich seine Rückfrage.

„Da Lena nichts gesehen hatte, gab es im ersten Moment nichts, wo wir hätten ansetzen können, keine Anlaufstelle für unsere Suche, keinen Hinweis. Also fuhren wir beide vorerst nach Hause, verbleibend mit der Abmachung, zunächst einmal abzuwarten, ob sie sich vielleicht bei einem von uns melden würde. Dort waren ja erst wenige Stunden vergangen und wir hofften, sie käme vielleicht noch am selben Abend zurück."

Den Teil mit mir als großen Skeptiker, weil es für mich weiter unerklärlich ist, wie Lena rein gar nichts hatte sehen können, obwohl sie direkt dabei gewesen war, lasse ich lieber weg. Ich kann bei meiner Suche schließlich jeden gebrauchen, und über Lena möchte ich aus unseren wenigen Begegnungen vor diesem Tag nicht urteilen. Möglicherweise ist sie tatsächlich so naiv, dass sie während der kleinen Pause von Celia lieber den Kindern beim Spielen oder den fliegenden Möwen am Himmel zugesehen hatte, sofern von einer der beiden Sorten an diesem Morgen jemand anwesend gewesen ist.

Meine Zweifel sind für das Interview ohnehin irrelevant, ganz zu schweigen davon, dass ich unglücklicherweise sowieso immer viel zu viel zweifle, auch in schönen Situationen. Stattdessen fahre ich in meinem objektiv-erzählerischen Stil fort, den ich bei diesem Interview für weitaus angebrachter halte.

„Natürlich konnte ich nicht einfach zu Hause zur Türe reinspazieren, mich vor den Fernseher legen und Sitcoms ansehen, während meine beste Freundin vermisst wurde", gebe ich zu.

„Verständlicherweise. Was hast du stattdessen getan?"

„Gleich am nächsten Morgen versuchte ich mein Glück telefonisch bei der Vermisstenstelle. Ich schilderte dem Beamten am Telefon meinen Fall und betonte mehrfach, dass ich keineswegs von einem freiwilligen Verschwinden ausging, doch man konnte mir dort nicht weiterhelfen."

Jetzt nehme auch ich zwischendurch einen Schluck Wasser, das ich mir zuvor ebenfalls auf den Tisch gestellt habe, Kaffee trinke ich wegen einer Koffeinunverträglichkeit schon seit Kindesalter nicht mehr.

„Ein Tag sei noch viel zu wenig, um direkt von einer Straftat auszugehen, da es keine Beweise dafür gab. Und außerdem sei Celia eine erwachsene Frau und sie werde mit hoher Wahrscheinlichkeit nach einer Weile bestimmt von selbst wieder auftauchen."

So oder so ähnlich sah meine etwas dürftige telefonische Auskunft damals tatsächlich aus, doch auch an dieser Stelle entscheide ich mich, lieber auszulassen, wie wütend ich im ersten Moment gewesen bin. Ehrlich gesagt nicht einmal unbedingt nur auf die Kommissare, sondern auch auf mich selbst, es wäre sicher die cleverere Variante gewesen, direkt vor Ort aufzutauchen und die entsprechende Überzeugungskraft mitzubringen. Vielmehr gebe ich Marco nun aber an, das Vorgehen der Behörden natürlich völlig zu verstehen und außerdem darauf zu hoffen, dass man sich mittlerweile, fünfzehn Tage nach dem Verschwinden, vielleicht in die Sache einschalten würde.

Spannender für die Story ist sowieso *meine* Suche.

„Ich war also erst einmal mehr oder weniger auf mich alleine gestellt, da abgesehen von meinem Gefühl ja in der Tat nichts dafürsprach, dass etwas passiert war. Da mein Gefühl mich bei ihr jedoch noch nie im Stich gelassen hatte, begann ich meine eigene Suche, als Journalist bin ich immerhin in der besten Ausgangslage dafür."

Dabei muss Marco lächeln.

„Ja, ich möchte ehrlich sein: Ich bin wirklich froh, in dieser Branche zu arbeiten, denn sonst wäre es mir längst nicht so einfach gewesen, innerhalb dieser vergleichsweise relativ kurzen Zeit eine solche Suchaktion zu starten."

Marco nickt anerkennend.

„In den folgenden Tagen recherchierte ich nach Möglichkeiten, Zeugen für Celias Verschwinden zu finden, kontaktierte ein paar Leute, die sich im Laufe der letzten Jahre in meine Kontaktliste geschlichen hatten. Durch mein Praktikum beim Fernsehen kannte ich den einen oder anderen dort, und ein damaliger Kollege war jetzt die rechte Hand des Programmchefs. Er organisierte für mich, dass ich noch einen Platz in der für gestern Abend angesetzten Sendung von *Hamburg sucht* bekam."

Einen Moment lang wartet Marco ab, hört aber nicht eine Sekunde auf zu schreiben.

„Doch das war nicht deine einzige Idee?"

Ich bestätige.

„Mein Arbeitskollege Sebastian hat jeden Dienstagvormittag eine Sendung im Hamburger Radio. Als ich ihm von Celia erzählte, sicherte er mir ebenfalls zu, etwas Sendezeit zu bekommen, um einen Aufruf zu starten."

Auch hier entscheide ich, die Sache mit dem Bier zu überspringen und übertreibe vielleicht etwas hinsichtlich der Rückmeldung auf die Radiosendung.

„In den darauffolgenden Tagen meldeten sich zahlreiche Menschen, die helfen wollten. Viele Hinweise waren unbedeutend, ein paar von ihnen auch erfreulich. Aber letztendlich brachte nichts eine richtig heiße Spur. Also dachte ich über eine neue Möglichkeit nach, abgesehen von Radio und Fernsehen. Das war natürlich das Internet und ich startete eine Art Social-Media-Kampagne."

Auch wenn der Begriff ein wenig suggeriert, als habe ich einen riesigen Internet-Hype ausgelöst, halte ich ihn gar nicht einmal für zu sehr übertrieben. Mein Posting, das ich zeitintensiv formuliert und mehrfach überarbeitet hatte, bis es letztendlich in meinen Augen perfekt war, verbreitete sich tatsächlich in Windeseile über die Sozialen Medien. Vielleicht tat es das auch deshalb, weil es zugegebenermaßen sehr emotional geschrieben war und somit gefühlsmäßig sicherlich in das leicht unterhaltende, sonntagabendliche Tatort-Parallelprogramm geschafft hätte.

Immerhin gelang genau das, was ich wollte, denn es bewegte zum Weitererzählen der Geschichte, und das war schließlich mein Ziel gewesen. Viele Menschen teilten meinen Beitrag und schon bald bekam ich sogar Nachrichten von fremden Menschen über meinen Account, doch wirkliche Hinweise spielten bei den *Ich drücke dir die Daumen, dass du sie findest!*-Nachrichten eine vergleichsweise untergeordnete Rolle.

Zwar ist die ganz große Spur erneut ausgeblieben, doch es hat mir trotz allem fast schon wieder eine kleine Motivationsspritze gegeben, dass es vor den Bildschirmen so viele empathische Menschen gibt und ich offenbar nicht der Einzige bin, der möchte, dass diese Geschichte mit einem Happy End ausgeht.

Wenn das überhaupt noch möglich ist.

Als ich Marco die Zahlen und Fakten meiner erfolgreichen Verbreitung über die digitalen Kanäle nenne, ist er offenkundig beeindruckt. Dabei bin ich nur beruflich ein

Medienprofi und nutze privat aus verschiedenen Gründen eigentlich gar nichts mehr davon, abgesehen von diesem einen Account, mit dem ich die Nachricht verbreitete. Bis zum heutigen Morgen haben mein Geschriebenes beinahe 50.000 andere Menschen geteilt, das Hashtag *#FindCelia* hatte es zwischenzeitlich sogar unter die deutschlandweiten Top zehn geschafft.

„Freust du dich denn über so viel Aufmerksamkeit?", will Marco erstaunt wissen.

„Natürlich", entgegne ich spontan, „wer freut sich nicht darüber, wenn sich andere Menschen für deine Angelegenheit interessieren."

Dennoch möchte ich klarstellen, weshalb das Ganze eigentlich passiert: „Die Aufmerksamkeit der Leute gilt aber wie gesagt nicht mir, sondern meiner Suche. Noch einmal möchte ich betonen, dass ich diesen ganzen Aufwand nicht betreibe, damit ich bekannt werde, sondern um meine beste Freundin zu finden. Wüsste ich, dass ich sie mit einem einzigen Flugblatt beim kleinen Restaurant im Hirschpark finden könnte, wäre mir alles andere vollkommen egal und ich wäre glücklich."

Dieses Szenario ist ebenso nicht einfach aus der Luft gegriffen, auch das habe ich schon versucht. Lediglich ging ich in Wirklichkeit etwas professioneller vor als in meinem plumpen Beispiel. Denn natürlich war am besagten Freitag mein erster Gedanke gewesen, die Leute in der Gegend zu befragen, immerhin sind potentielle Zeugen am ehesten die Menschen, die sich häufig im Hirschpark und seiner Umgebung aufhalten.

Da lag es buchstäblich nahe, Zettel in den umliegenden Restaurants zu verteilen, mit einem möglichst aktuellen Bild von Celia und meiner Telefonnummer sowie meiner E-Mail-Adresse, falls sie jemand wiedererkennen sollte. Die Besitzer der kleinen Gastronomiebetriebe im und um den Hirschpark waren freundlich genug, meine Suchmeldung an ihrer Eingangstüre aufzuhängen oder an der Theke tatsächlich als eine Art Flugblatt auszulegen.

Zu meiner großen Überraschung ist allerdings auch dieser Versuch bis zum jetzigen Zeitpunkt erfolglos geblieben, wobei ich dazusagen muss, dass er auch erst etwa eine Woche alt ist, die Flugblätter musste ich ja erst einmal herstellen, drucken und verteilen.

„Das war doch wirklich einiges."

Marco freut sich und trinkt den letzten Schluck Kaffee.

„Ich bin mir sicher, dass ich daraus eine sehr gute Story machen kann, die gut und gerne auch ein paar Seiten in unserer nächsten Ausgabe füllen wird. Wir sind kurz vor unserem Redaktionsschluss, was bedeutet, dass es sogar noch für die kommende Ausgabe dieses Monats in nicht einmal zwei Wochen reichen wird."

Ich zwinge mich dazu, ein Lächeln anzudeuten, obwohl ich mich immer noch nicht so wirklich entscheiden kann, ob ich nun stolz darauf sein sollte oder nicht, welch große Wellen meine Suche schlägt.

„Eine letzte Frage habe ich aber noch."

Er ist von seinem Platz aufgestanden und ich sehe ihn wartend an, bis er sein Tablet in der Tasche verstaut hat.

„Was wirst du jetzt als Nächstes machen? Hast du noch das berühmte Ass im Ärmel?"

Diese Frage habe ich mir heute Morgen auch schon gestellt. Denn viele offene Möglichkeiten, die ich nicht schon ausprobiert hätte, habe ich nun wirklich nicht mehr.

Marco merkt, dass ich nicht antworte.

Nach einem Moment fügt er noch hinzu: „Wirst du irgendwann aufgeben zu suchen, wenn es absolut keine andere Option mehr gibt und nichts mehr darauf hindeuten sollte, dass die Geschichte noch ein Happy End hat?"

„Nein", entgegne ich schnell, „wenn ich irgendwo auf halber Strecke aufgebe, werde ich ja nie herausfinden, was im Ziel auf mich wartet. Und, ob es beim Zieleinlauf das Happy End gegeben hätte oder nicht."

Marco lächelt.

„Ich hoffe sehr für dich, dass du die Ziellinie glücklich überqueren wirst, Leonard."

» 4.

Gleich, nachdem Marco unsere Wohnung verlassen hat, mache auch ich mich auf den Weg, schließlich hatte ich meiner Freundin versprochen, dass ich sie heute Nachmittag noch besuchen würde.

Wie bereits erwähnt, glaube ich, es sehr nötig zu haben, einfach mal ein paar Stunden über Anderes zu sprechen, an Anderes zu denken. Wobei es mir wahrscheinlich ziemlich schwerfallen wird, nicht daran zu denken, was bei meiner Suche als Nächstes auf dem Plan steht, denn ich habe gerade wirklich keinerlei Ideen mehr.

Juneau freut sich sichtlich, als ich vor ihrer Türe stehe, auch wenn ich passend zu meiner Stimmung komplett durchnässt bin vom Hamburger Sommerregen. Erst in dem Moment, in dem ich im Türrahmen stehe, fällt mir auf, wie lange wir uns eigentlich schon nicht mehr gesehen haben, und auch ich bin überglücklich, sie endlich wieder einmal in meinen Armen halten zu können.

„Wie geht es dir?", fragt sie mit einem unüberhörbar besorgten Tonfall in ihrer Stimme, als wir uns zusammen auf ihre graue Stoffcouch gesetzt haben.

Ich hole tief Luft und sehe dabei auf den kleinen Wohnzimmertisch, der mir beim letzten Mal gar nicht aufgefallen ist, wahrscheinlich ist er neu.

„Naja", murmle ich vor mich hin, „weißt du, irgendwie habe ich das Gefühl, dass das Ende näherkommt. Ich meine, ich habe so ziemlich alles getan, was ich tun könnte, um sie zu finden, wahrscheinlich sogar noch viel mehr als das. Aber mir fällt einfach nichts mehr ein. Die einzig hilfsbereiten Menschen sind fremde Leute, die mir gar nicht helfen können, weil sie uns erstens nicht kennen und außerdem nicht einmal in der Nähe waren, als es passiert ist. Und solange sich niemand bei mir meldet, der mir sagen kann, was vor sich ging oder wo Celia seit zwei Wochen ist, habe ich auch keine Chance, sie zu finden."

Ich muss verzweifelt klingen, was ich gar nicht wollte, denn ich war nicht gekommen, um Juneau meine Hilflosigkeit vorzujammern.

„Dann hört auf damit", meint sie mit sanfter, aber bestimmter Stimme, fast so, als wolle sie mich davon überzeugen. „Ich denke, du hast deinen Teil dazu beigetragen. Wenn sie noch irgendwo da draußen ist, wird sie sicherlich von deiner Aktion mitbekommen haben. Dann liegt es jetzt an ihr, zurückzukommen oder nicht."

Irritiert richte ich mich aus meiner halbliegenden Position auf und sehe Juneau an.

Dass sie mir die Suche ausreden wollte, damit hätte ich absolut nicht gerechnet, immerhin weiß sie, wie viel mir daran liegt. Vielmehr wirkt sie auf mich sogar fast etwas eifersüchtig, was ich ebenso wenig verstehen kann, da Celia und ich nun schon seit dreizehn Jahren befreundet sind und Juneau nicht den geringsten Grund hat, auf sie eifersüchtig zu sein. Im Gegenteil, sie sollte doch verstehen können, wie sehr ich mir wünsche, Celia zu finden. Möglicherweise könnte sie das eher, wenn es um Andreas ginge und nicht um Celia.

Um nicht mit Juneau diskutieren zu müssen, was wir beide sehr gut können und dementsprechend gerne machen, reagiere ich nicht auf ihren Ratschlag und wechsle stattdessen lieber das Thema.

Wir reden den restlichen Nachmittag nicht mehr darüber, und das ist auch gut so. Später schreibe ich Andreas, dass ich nicht wie geplant gleich wieder nach Hause kommen und den Abend stattdessen hier verbringen würde. Er antwortet, meine Freundin solle mich ablenken und dafür sorgen, dass ich auch endlich mal wieder an nichts denken kann. Für eine Weile unterhalten Juneau und ich uns darüber, ob es möglich ist, an nichts zu denken, und wir versuchen es, aber es gelingt uns nicht.

Da wir beide viel lieber an Essen als an nichts denken, beschließen wir, gemeinsam zu kochen. Der Abend vergeht wie im Flug und ich bin wirklich froh, dass es ihr und uns gelungen ist, mich abzulenken, zum ersten Mal seit genau zwei Wochen und einem Tag.

An dem Abend bin ich so sehr abgelenkt, dass ich eine ganze Weile lang nicht auf mein Handy sehe und das erst nachhole, nachdem Juneau mich nach Hause gefahren hat und ich meine eigene Wohnungstüre hinter mir schließe.

„Hattest du einen schönen Abend?", höre ich Andreas aus seinem Zimmer rufen, nur kaum den Applaus irgendeines aus dem Fernseher hallenden Studiopublikums übertönend.

Gedankenverloren und mit Blick auf mein Handy antworte ich mit einem kurzen „Ja", lese dabei aber meine neuen Nachrichten.

Eine mir unbekannte Telefonnummer hat mich am frühen Vorabend zu erreichen versucht, und ich frage Andreas, ob ihm die Nummer bekannt vorkomme. Er schüttelt zunächst den Kopf, möchte aber zur Sicherheit in seinen Kontakten nachzusehen. Nachdem er auch dort nicht erfolgreich gewesen ist, schlägt er vor, die Nummer online zu recherchieren.

Einen Augenblick später präsentiert er stolz das Ergebnis auf seinem Handy und ich lese *Pavel Gersmann* direkt neben der identischen Nummer, wie sie auf meinem Display als verpasst markiert ist. Andreas sieht mich verwundert an und fragt neugierig nach, wer das sei.

„Früher gingen wir mal zusammen golfen", erinnere ich mich. „Das letzte Mal ist aber bestimmt schon drei, vier Jahre her."

In der Tat ist mir Pavel noch gut in Erinnerung, denn es gab eine Zeit während meines Studiums, in der wir immer am ersten Sonntag eines jeden Monats gemeinsam zum Golfen gegangen sind.

„Er war damals ebenfalls Student an meiner Uni, allerdings für klassische Politik und nicht für Politikjournalismus wie ich. Wir hatten uns eher zufällig kennengelernt, weil wir in der Kantine meist an demselben Tisch gesessen haben und so Tag für Tag mehr ins Gespräch kamen, vor allem natürlich über unser Fachgebiet. Wir verstanden uns sehr gut und so trafen wir uns irgendwann auch privat regelmäßig, zum Beispiel, um unserer zweiten gemeinsamen Leidenschaft für das Golfen nachzugehen."

An seinem Gesichtsausdruck kann ich unschwer erkennen, wie überrascht Andreas ist, noch nie von Pavel gehört zu haben, schließlich wohnen wir nun schon über zwei Jahre zusammen in einer WG.

„Seit er damals sein Studium abgebrochen hat, haben wir uns nicht mehr so regelmäßig gesehen und somit ist auch der Kontakt irgendwie abgebrochen. Davon zeugt ja schon, dass ich seine neue Nummer gar nicht gespeichert habe", erkläre ich. Natürlich verwundert es mich sehr, dass Pavel mich genau jetzt wieder anruft, geschweige denn, woher er überhaupt meine neue Nummer hat. Einen kurzen Moment überlege ich und möchte noch etwas sagen, ehe Andreas mir zuvorkommt.

„Dir ist aber schon bewusst, dass es kurz vor Mitternacht ist und du ihn jetzt nicht mehr anrufen kannst?"

In seinem Blick kann ich etwas Ermahnendes erkennen, wie es früher ähnlich in den Augen meines Vaters zu sehen war, wenn er mir mit Hausarrest gedroht hatte.

Selbstverständlich hätte ich unwahrscheinlich gerne direkt auf die Rückruftaste gedrückt, aber natürlich hat Andreas recht und ich beginne stattdessen, mich zu ärgern, dass ich mein Telefon bei Juneau auf stumm gestellt habe. Vor nicht einmal fünf Minuten hat sie mich erst hier abgesetzt, ist bestimmt noch nicht mal wieder zu Hause, aber schon bin ich von einem Moment zum nächsten wieder mitten in diesem unwirklichen Film.

„Das hat dir gutgetan und du hast das mal einen Abend lang gebraucht, Leonard. Mach dir deshalb keinen Vorwurf, das war wichtig für dich", versucht mich Andreas zu beruhigen. „Ohnehin bin ich der Meinung, es sollte viel mehr dieser Momente geben, in denen man schlichtweg vergisst, auf sein Handy zu sehen. Nur dann haben sich die

Momente doch auch gelohnt. Es ist wie beim Fotografieren: Von den schönsten Augenblicken im Leben gibt es keine Fotos, weil du zu sehr damit beschäftigt warst, sie zu genießen.“

Ich höre gar nicht richtig hin, was er sagt, sondern denke nur daran, am nächsten Morgen gleich bei Pavel anzurufen, ungeachtet der Tatsache, dass dann Sonntagmorgen sein würde. Wenn er sich nach einer solch langen Zeit der Funkstille plötzlich wieder bei mir meldet, muss es etwas Wichtiges sein.

Ich möchte nicht übertreiben, aber die Anspannung bis zum nächsten Morgen ist kaum auszuhalten. Vielleicht bin ich von Natur aus ein etwas ungeduldiger Mensch, besonders dann, wenn es um Dinge geht, die ich vorher nicht weiß, wie etwa eine Überraschung.

Aber in der letzten Nacht malte ich mir die verrücktesten Dinge aus, wieso mich Pavel sprechen wollte. Wahrscheinlich ist das auch der Grund, weshalb ich mich so schwertue damit, auf etwas gespannt zu sein, ich denke an nichts anderes mehr und versuche, für mich selbst schon vorher zu erraten, was passieren könnte. Natürlich ist das aus neutraler Sicht völlig schwachsinnig, doch ich kann es nun mal nicht verhindern.

Fast schon glücklich wache ich an diesem Morgen auf und sehe, dass es kurz nach neun Uhr ist und somit meiner Meinung nach eine zumutbare Zeit für ein Telefonat unter alten Freunden. Um ehrlich zu sein erhoffe ich mir insgeheim, dass der Zeitpunkt für seinen Anruf nicht zufällig ist, was die Spannung für mich nur noch mehr erhöht.

„Pavel, ich glaube es ja nicht!", begrüße ich ihn am Telefon bewusst überschwänglich. Darin mischt sich auch etwas Erleichterung darüber, dass er abgenommen hat.

„Wir haben lange nichts mehr voneinander gehört."

„Das stimmt, ich bin leider auch nicht gerade besonders treu, was so etwas angeht", gibt Pavel zu, „und doch hätte ich mich eigentlich viel früher mal bei dir melden sollen. Das hatte ich auch vor, aber irgendwie hat es nie so richtig geklappt."

Im ersten Moment gehe ich davon aus, er sage das einfach so, wie man es zu einem alten Freund eben ganz floskelhaft sagen würde, man hätte doch schon lange einmal anrufen wollen.

Nach einer kurzen Pause meint er plötzlich: „Was mit Celia passiert ist, tut mir wahnsinnig leid."

Offenbar habe ich also recht gehabt mit meiner Vermutung, der Zeitpunkt sei kein Zufall. Alte Freunde und Bekannte trifft man eben leider meist erst zu solchen Anlässen wieder, wie ich meine beiden Cousinen aus Oberschwaben beinahe ausschließlich bei Beerdigungen sehe. Auch wenn ich mir diesen Vergleich sofort wieder aus dem Kopf schlage, halte ich es dennoch auf irgendeine Art und Weise für eine äußerst traurige Erkenntnis.

Pavel hat Celia zwar nie persönlich kennengelernt, doch als meine beste Freundin war sie natürlich häufiger Teil meiner Geschichten und Erzählungen, die wir beim Golfen regelmäßig ausgetauscht hatten, und so hatte er, glaube ich zumindest, ein ganz gutes Bild davon bekommen können, wer sie war.

Wirklich überrascht bin ich jedoch erst, als er seine erneut lange Sprechpause beendet.

„Dich habe ich übrigens auch gesehen, vorgestern Abend zusammen mit Lena bei *Hamburg sucht*. Erst da wurde mir bewusst, dass *du* das bist und ich fragte mich, wieso ich nicht früher darauf gekommen war."

Für einen Augenblick kann ich ihm nicht mehr folgen.

„Warte, was genau wurde dir bewusst?", frage ich ein wenig verdutzt nach.

Pavel beginnt zu erklären: „Nachdem ich damals mein Studium abgebrochen hatte, wusste ich erst einmal lange Zeit gar nicht, was ich machen sollte. Naja, bis ich eines Abends mit meiner damaligen Freundin und ihrem Vater in eine Kneipe ging. Neben uns an der Theke unterhielten sich zwei junge Spanier, vermutlich Touristen, über die Stadt und berieten sich, was sie am nächsten Tag unbedingt noch ansehen mussten. Da meine Großmutter aus Spanien stammt und wir oft dorthin in den Urlaub gefahren sind, als ich noch ein Kind war, spreche ich ganz passabel spanisch und verstand alles, was sie sagten."

Er holt tief Luft, ehe er weiterspricht.

„Nach einer Weile beugte ich mich zu ihnen rüber, unterhielt mich mit ihnen über Sehenswürdigkeiten und zeichnete auf ihrem Stadtplan eine Route ein. Als sie weg waren, sah mich der Vater meiner Freundin anerkennend an. Es stellte sich heraus, dass er Inhaber eines Touristikunternehmens war, und so schlug er vor, dass ich bei ihm arbeiten könne, bis ich etwas Besseres gefunden hätte. Da ich die Stadt sehr gut kenne, drei Sprachen fließend spreche und dringend einen Job benötigte, willigte ich ein."

Erst jetzt verstehe ich langsam, was das alles mit mir zu tun hat. „Ein paar Monate später fing auch Celia in demselben Unternehmen an", ergänzt er, was ich mir gedanklich bereits zusammenreime.

„Obwohl ihr Name hier nicht gerade häufig ist, dachte ich nie daran, dass sie es war, von der du früher gelegentlich erzählt hast. Eine Zeitlang fuhren wir die gleichen Touren, daher kenne ich sie sogar ganz gut. Als ich Lena und dich am Freitag dann in der Sendung gesehen habe, machte plötzlich alles einen Sinn."

Mittlerweile erstaunt es mich nicht mehr, dass Pavel mich genau jetzt anrief, und doch kenne ich ihn gut genug, um zu wissen, dass er nicht einfach bloß mit mir telefonieren möchte, damit er einmal mit jemandem über die Sache gesprochen hat. Das hätte er schließlich auch mit Lena machen können, die, soweit ich seine Geschichte nachvollziehen kann, demnach immerhin auch eine Arbeitskollegin von ihm sein müsste.

„Verstehe mich nicht falsch, ich freue mich sehr, mal wieder von dir zu hören. Aber warum genau rufst du ausgerechnet mich an?"

Für eine Weile bleibt es still am anderen Ende.

„Mit Lena habe ich darüber bereits gesprochen, doch sie hat überraschend abweisend auf die Idee reagiert. Hat sie dir nichts davon erzählt?", will Pavel von mir wissen.

Ich habe nicht die leiseste Ahnung, was er meint, und frage verwundert nach.

„Celia ist eine gute Kollegin, die ich sehr mag", erklärt er in einem vorsichtigen Tempo und ich höre deutlich, dass er ganz behutsam nach den richtigen Worten zu suchen scheint. „Außerdem ist sie auch eine gute Freundin von dir und naja, du wiederum bist ein Freund von mir. Ich möchte einfach helfen, sie zu finden."

Seinen letzten Satz halte ich für die bislang beste Nachricht, die ich im Zusammenhang mit der Sendung am Freitagabend gehört habe. Auch wenn wir uns lange nicht mehr gesehen haben und ich mir schwer vorstellen kann, wie wir auf einmal zusammen eine große Suchaktion starten wollen, die mehr erreichen will als meine bisherigen Versuche, kann ich nicht leugnen, dass mich seine Hilfsbereitschaft sehr freut. Bereits was Marco Kranich anging, habe ich ja geäußert, wie dankbar ich um jede noch so kleine Hilfe bin.

Pavel und ich vereinbaren ein Treffen gegen Mittag im Stadtpark, bei dem ich ihn auf den neusten Stand bringen möchte. Vielleicht erhöht sich zu zweit ja tatsächlich noch einmal die Chance, Celia zu finden. Zumindest habe ich nichts zu verlieren.

» 5.

Auf dem Weg in den Stadtpark ein paar Stunden später lasse ich mir noch einmal das Gespräch mit Pavel, das erste seit Jahren, durch den Kopf gehen.

Natürlich ist er ein alter Freund, doch ich werde den Gedanken irgendwie nicht los, wie seltsam ich es finde, dass er sich nach so langer Zeit ausgerechnet in diesen Tagen meldet und sich mir dann, nach einem kurzen Smalltalk über sein Leben in den letzten Jahren, direkt als großen Helfer anbietet. Irgendwie fühle ich mich sogar etwas schlecht dabei, ihm nicht zu vertrauen, denn er hat mir eigentlich keinen Grund dafür gegeben.

Gedankenverloren sehe ich auf den grauen Boden der U-Bahn, der von den Schuhen der unzähligen Menschen etwas verschmiert ist.

Was mich außerdem nachdenklich macht ist, dass Lena mir nichts von ihm erzählt hat, dabei habe er sie doch angeblich in dieser Sache angesprochen und von ihr bestimmt auch meine Handynummer bekommen, vermute ich. Allerdings kennen auch Lena und ich uns nicht besonders gut, zumindest kannten wir uns nicht besonders gut bis zu dieser Sache vor jetzt zwei Wochen und zwei Tagen.

Um die Unklarheiten aus der Welt zu schaffen, ziehe ich mein Handy aus der Tasche und schreibe Lena eine Nachricht. Kaum habe ich alles zu Ende getippt, hält die Bahn am Stadtpark.

Pavel wartet bereits auf mich, als ich von der Haltestelle ins Grün laufe. Ich erkenne ihn schon aus einiger Entfernung, denn er hat sich in den letzten Jahren kaum verändert und trägt nicht nur immer noch die schwarze und viel zu große Studentenbrille, sondern heute auch wieder sein dunkelblaues T-Shirt, das er früher stets zu solchen besonderen Anlässen angehabt hatte, die nicht so besonders gewesen sind, dass sie Hemd oder Anzug verlangt hätten.

Ich deute zur Begrüßung eine Umarmung an, weil ich mich im ersten Moment ehrlich über unser Wiedersehen freue. Kurz danach muss ich allerdings sofort wieder an den Anlass dafür denken, als ich den Laptop auf der Parkbank neben ihm sehe.

Ich zeige auf die Bank. „Du bist also vorbereitet?"

Pavel greift zum Laptop und dreht es zu mir, sodass ich den Bildschirm sehen kann.

„Ich habe lediglich schon mal ein bisschen recherchiert, was du in den letzten zwei Wochen getan hast", entgegnet er und erinnert mich beinahe an meinen damaligen Professor bei der Abgabe der Projektarbeiten.

Erstaunt überfliege ich die geöffneten Seiten und bemerke, dass ich eigentlich gar nichts mehr zu erzählen habe, Pavel scheint von allem zu wissen. Das Posting in den Sozialen Medien, ein Podcast von *Dienstagsfrühstück*, Sebastians Radiosendung, die letzte Folge von *Hamburg sucht* zum nochmaligen Ansehen.

„Also dass du so sehr vorbereitet bist, hätte ich nicht erwartet", ist das Einzige, was ich lächelnd herausbringe, mit einer Mischung aus Erstaunen und Entsetzen.

Pavel geht gar nicht darauf ein, sondern klickt sich weiter durch seine vielen Seiten, die er sich im Vorhinein zurechtgelegt hat.

„Anhand dieser Berichte konnte ich mir ein Bild machen, wie du vorgegangen bist und weiß jetzt alles, was du in diesen Interviews oder Erzählungen gesagt hast."

Ich sehe ihn mit weiterhin irritiertem Blick an, denn als ich heute Morgen mit ihm telefoniert habe, hätte ich nicht damit gerechnet, dass mich etwas Derartiges hier erwarten würde. Pavel muss meine Unsicherheit merken und rechtfertigt sich wie selbstverständlich.

„Ich wollte bloß den langen und für dich sicherlich lästigen Teil überspringen, in dem du mir alles von Anfang an erzählen musst. Fast wie dieser *Was bisher geschah*-Einspielfilm am Anfang einer jeden Folge vieler Serien."

Nochmal sehe ich ungläubig auf den Bildschirm seines Laptops und überzeuge mich letztlich davon, dass ich nur so überrascht bin, weil ich ja nicht ahnen konnte, wie viel Pavel augenscheinlich bereit ist, in diese Suche zu stecken.

„Und wie stellst du dir das jetzt vor?"

Ich verkneife mir den Zusatz, dass er ja sehe, von welchen Möglichkeiten ich bereits Gebrauch gemacht habe und dass folglich meiner Meinung nach keine weiteren Wege mehr offen seien, die ich noch nicht zumindest versucht habe. Sicherlich weiß er auch von meiner Flugblatt-Aktion in den umliegenden Gasthäusern, bei dem Umfang seiner Vorrecherche besteht für mich daran gar kein Zweifel. Und ebenso wenig zweifle ich, dass Pavel einen Plan vorbereitet hat, wie es weitergehen soll.

In der Tat überlegt er nicht lange, um auf meine Frage zu antworten: „Also, ich habe mir schon einmal ein paar Gedanken gemacht, was wir noch tun könnten. Da fremde Hilfe bislang ja eher mäßig erfolgreich war, wie du am Telefon heute Morgen angedeutet hast, müssen wir eben selbst anfangen zu recherchieren."

Als er das sagt, denke ich mir, es sei wohl doch besser, ihm zu erzählen, was ich auch hinter den Kulissen bereits alles getan habe. Er spricht so langsam und bedeutend, wie er es damals beim Golfen genauso getan hat, wenn er kurz davor war, mit dem nächsten Schlag sicher einzulochen und damit auf dieser Bahn wieder einen Schlag unter mir zu liegen, inklusive des triumphierenden Untertons.

„Glaubst du wirklich, ich hätte noch nicht auf eigene Faust recherchiert, wo Celia sein könnte?", entgegne ich mit sarkastischem Tonfall.

Seit dem ersten Tag ihres Verschwindens habe ich unzählige Stunden recherchiert, allerdings nicht nach vermeintlichen Online-Profilen, die sie auf irgendwelchen Seiten haben könnte, wie es mein alter Golffreund nun vorschlägt. Stattdessen suchte ich in ihrem Umfeld, so gut es mit den Befugnissen eines normalen Journalisten ohne Kontakte zu polizeilichen Datenbanken eben ging, erkläre ich ihm.

Pavel lässt sich davon nicht beeindrucken und deutet mir etwas stotternd, dafür aber wild gestikulierend an, wie sein Plan aussehen solle.

Um sich voll und ganz auf die Suche konzentrieren zu können, habe er sich ein paar Tage freigenommen, was mir schon seltsam genug vorkommt, immerhin geht es *nur* um seine Arbeitskollegin, soweit ich weiß. Er wolle gemeinsam mit mir nun noch einmal online recherchieren und alles auf den Kopf stellen, was sich in der virtuellen Welt bewegt, schließlich habe er früher einmal ein längeres Praktikum im IT-Bereich eines großen deutschen Softwareentwicklers gemacht und kenne sich vermutlich besser aus als ich, behauptet er zumindest.

Trotz der Tatsache, dass er hellauf begeistert von der Idee scheint, bin ich mir nicht sicher, was ich davon halten soll. Vermutlich traue ich dem Plan nicht, weil Pavel schon früher oft für etwas Feuer und Flamme gewesen ist, was viel größer war, als es seine Möglichkeiten zuließen und er letzten Endes nicht einmal ansatzweise das umsetzen konnte, was er sich schon vorher mit großen Plänen ausgemalt hatte.

Ich erinnere mich außerdem an eine Geschichte, an die ich nicht mehr erinnert werden wollte, aber an die ich immer dann erinnert werde, wenn es um Soziale Medien geht. Doch ich verdränge den schlechten Gedanken schnell und denke stattdessen daran, dass Andreas mir einmal geraten hat, nie nach dem *Warum* zu fragen, sondern nach dem *Warum nicht*. Er sagte mir damals, ich würde viel zu viel im Voraus nachdenken, analysieren und abwägen auf Kosten meiner Spontanität und dessen, was mein Bauchgefühl mir raten würde, und wahrscheinlich hatte er auch in dieser Hinsicht recht.

Zwar strahlt mein Bauch, abgesehen von einem unüberhörbaren Hungergefühl, in dieser Situation nicht unbedingt große Zuversicht aus, doch nach zwei Wochen bin ich um jeden Plan froh, den ich noch nicht ganz genau in dieser Form ausprobiert habe.

Zweifel hin oder her stimme ich also zu.

„Und was genau soll ich deinem Plan zufolge tun?"

Noch immer frage ich in einem sicherlich hörbar skeptischen Ton. Pavel dagegen kann dieses für ihn typische Grinsen nicht verbergen.

„Bei welchen Sozialen Medien besitzt sie denn ein Profil, von dem du weißt?"

Irgendetwas stört mich an der Art, wie er diese Frage stellt. Wahrscheinlich ist es diese angedeutete Unterstellung, dass ich etwas von ihr nicht wüsste. Um ehrlich zu sein, das Gefühl habe ich in der Tat, je mehr ich mich damit auseinandersetze.

Nach kurzem Überlegen nenne ich Pavel die Namen von zwei Seiten, bei denen ich Celia vermutet hätte und mir mit dieser Vermutung gleichzeitig sicher genug bin, dass ich angeben kann, es zu wissen.

Obwohl man das bei meinem Beruf nicht vermuten würde und ich dort sehr viel mit digitalen Medien zu tun habe, halte ich nicht sehr viel davon, sie auch privat zu nutzen. Bei manchen von ihnen bin ich zwar immer noch angemeldet, aber eher aus dem Grund, dass ich noch keine Lust hatte, mein Profil zu löschen, und ich würde mich weder wundern noch beschweren, wenn es einmal wegen zu langer Inaktivität automatisch gelöscht werden würde.

Der Grund für mein Offlinesein ist nicht, weil ich mich nicht für andere Menschen interessiere, ich wäre durchaus sehr neugierig. Die Onlinewelt besitzt für mein privates Ich ein zu großes Gefahrenpotential, nicht in krimineller Hinsicht, aber in persönlicher. Mir ist die Gefahr zu groß, dass ich etwas erfahre, das ich nicht wissen will, also lebe ich lieber weniger digital vernetzt und mehr in Unwissen.

Das sehen, mit Ausnahme meines ähnlich tickenden Mitbewohners, viele meiner Freunde natürlich ganz anders und verstehen meine Einstellung dazu nicht ansatzweise, aber ich bin nicht unglücklich damit, mich offline zu bewegen, wenn ich mein Büro verlasse. Ich würde sogar eher das Gegenteil behaupten, denn ich spare mir auf diese Weise eine ganze Menge Zeit und Eifersucht. Und genau deshalb habe ich wohl dieses Gebiet bei meiner Suche bislang ganz bewusst ausgelassen.

„Leider kann ich mir morgen nicht frei nehmen, weil ich einen wichtigen Beitrag geplant habe", gebe ich vor.

Das ist natürlich ebenso gelogen wie die Tatsache, dass ich diesen heute noch vorbereiten müsse und daher jetzt eigentlich auch schon nach Hause gehen sollte.

Doch Pavel erweckt den Eindruck, mir zu glauben.

„Sicher, ich habe ja Zeit und halte dich auf dem Laufenden, wenn es etwas Neues gibt. Dir brauche ich sowieso nicht zu sagen, dass du ja auch mal suchen kannst, wenn du gerade etwas Luft hast, du machst bestimmt seit zwei Wochen nichts anderes."

Ich nicke, um das Gespräch zu beenden, und verabschiede mich fast schon fluchtartig. Denn es gibt noch einen zweiten Grund für meine Vermeidung der Sozialen Medien, von dem aber abgesehen von Celia bislang niemand wusste. Nicht Pavel, der zu Studienzeiten immerhin ein guter Freund gewesen ist, doch noch nicht einmal Andreas, dem ich sonst eigentlich alles erzähle. Zu meiner Verteidigung war das ganze jedoch auch lange vor unserer Zeit als Mitbewohner passiert.

Während meines vierten Semesters an der Uni verbrachte ich sehr viel Zeit mit Hannah, damals hätte ich sie wohl als eine sehr gute Freundin oder etwas Vergleichbares bezeichnet. Wir hatten uns in den Semesterferien zuvor in einer Bar im Studentenviertel kennengelernt und uns noch in den Ferien gelegentlich getroffen, aber auch danach. Zwischen uns hatte sich innerhalb eines halben Jahres sehr schnell etwas entwickelt und wir waren, das dachte ich zumindest, binnen kurzer Zeit sowas wie wirklich gute Freunde geworden.

Mit der Zeit sahen wir uns in immer kürzeren Abständen und machten auch kein Geheimnis daraus. Unsere Kommilitonen hatten uns demzufolge zwar mehr unterstellt, doch unsere Art von Beziehung war eigentlich keine richtige. Es ist schwer, das treffend zu beschreiben, doch das zwischen uns ging nie über einen ganz bestimmten Punkt der Nähe hinaus.

Hannah studierte Medien- und Kommunikationswissenschaften und war mir zwei Semester voraus, was bedeutete, dass ihre Bachelorarbeit unmittelbar bevorstand. Da unser Verhältnis den besagt guten Verlauf genommen hatte und damals auch einen sehr hohen Stellenwert für mich besaß, war es keine Frage für mich, dass ich ihr helfen würde, als sie mich darum bat. Als angehender Journalist fiel es mir eben naturgemäß leichter als ihr, mit Formulierungen, Satzbau und Rechtschreibung umzugehen.

Das soll nicht falsch verstanden werden, ich schrieb ihr nicht etwa ihre Bachelorarbeit, sondern lektorierte sie nur. In der Zeit, als es auf das Ende meines vierten und ihres sechsten Semesters zuging und ihre Arbeit fällig wurde, verbrachten wir mehr Zeit denn je miteinander. Ich weiß nicht mehr, wie viele Abende wir gemeinsam daran gesessen haben, mal bei mir, mal bei ihr, mal mit meinem Laptop, mal mit ihrem, mal mit Wein, mal ohne. So zog sich das über fast vier Wochen, bis wir auf zugegeben sehr lockere und unterhaltsame Art und Weise ihre komplette Abschlussarbeit zusammen durchgegangen waren und dabei meine sprachlichen und stilistischen Anregungen eingearbeitet hatten. Damals war ich noch relativ aktiv gewesen in den Sozialen Medien.

Wir hatten unbeschreiblich viel Spaß dabei und kamen uns an diesen Abenden, wie hätte es auch anders sein sollen, wenn man derart viel Zeit miteinander verbringt, durchaus näher, was eigen für sich betrachtet definitiv etwas Schönes war. Und profitiert hat Hannah davon allemal, denn wie sich später herausstellte, wurde sie für ihre Bachelorarbeit mit der Bestnote bewertet.

Ich hatte für das Getane selbstverständlich nie eine Gegenleistung erwartet und vielmehr als eine Art freundschaftlichen Dienst angesehen, den ich ihr erwies. Keine Frage, das ging deutlich über einen kleinen Gefallen hinaus, aber sie war es mir zu dieser Zeit wert gewesen. Um das aus ihrer Sicht also wiedergutzumachen, versprach sie mir, nach ihrer Abschlussfeier mit mir für ein gemeinsames Wochenende nach Köln zu fahren. Es wäre für mich das perfekte Happy End gewesen und sie gab mir in der Tat das Gefühl, mir etwas zurückgeben zu wollen. Doch bis heute bin ich nie in Köln gewesen.

Zwei Wochen vor dem geplanten Datum sagte sie mir ab, damals mit der Begründung, wir müssten es bloß verschieben, ihren Großeltern ginge es schlecht und sie wolle sofort zu ihnen. Für mich war das keineswegs ein Problem gewesen, denn sie hatte oft von ihrer Oma erzählt und daher wusste ich, dass diese mit über 90 Jahren durchaus krankheitsanfällig war. Dass Hannah drei Tage nach ihrer von entschuldigenden Nachrichten gefolgten Abreise schon wieder zurückgekommen war, erfuhr ich erst viel später, doch den wirklichen Grund für die Absage konnte ich mir schon früher denken.

An genau dem Wochenende, an dem wir eigentlich in Köln sein wollten, entdeckte ich online in ihrem Profil ein Foto von ihr und einem jungen, gutaussehenden Mann irgendwo am Meer. Die Bildunterschrift gab klar zu verstehen, dass das offenbar ihr neuer Freund war und die beiden sich in diesem Moment gerade an einem süditalienischen Sandstrand befanden. Ich fand heraus, dass sie das Bild für mich eigentlich gesperrt hatte, aber durch einen Systemfehler bekam ich es zumindest einmal doch angezeigt. Der Fehler wurde übrigens noch am selben Tag behoben und das Bild für mich wieder gelöscht.

In der darauffolgenden Zeit ging es mir ziemlich schlecht, aber nicht, weil Hannah mich erst ausgenutzt und schließlich angelogen hatte, sondern weil ich mich habe ausnutzen und anlügen lassen. Wenn ich ehrlich zu mir selbst bin, habe ich wahrscheinlich mehr in uns gesehen, als da tatsächlich gewesen ist, und rückblickend kann ich mir das auch eingestehen. Ich musste damals nur einen Schuldigen finden, und da ich ihr die Schuld nicht geben wollte und nicht damit zufrieden war, sie mir zu geben, gab ich sie dem Betreiber der Seite und den gesamten Sozialen Medien, denn ohne sie hätte ich das alles vermutlich bis heute nicht herausgefunden.

Meine Konsequenz aus dieser ganzen Geschichte war, den Kontakt zu ihr sowie zur Onlinewelt langsam herunterzufahren. Vielleicht bin ich deshalb so eilig aus dem Park verschwunden, als Pavel seine Idee präsentiert hat. Aus Angst, etwas Ähnliches mit Celia noch einmal zu erleben.

In der U-Bahn auf dem Weg nach Hause sehe ich erstmals wieder auf mein Handy. In der Zwischenzeit hat sich Lena bei mir gemeldet, der ich zuvor ja eine Nachricht wegen Pavel geschrieben hatte. Sie schreibt, dass sie mir ganz gerne persönlich erzählen wolle, was es mit Pavel auf sich hat, und daher noch heute vorbeikommen würde.

Auch wenn ich sie wie erwähnt nicht allzu gut kenne, überrascht mich ihre Dringlichkeit, denn bislang hat sie auf mich nicht gerade den Eindruck erweckt, als erledige sie alles sofort. Überhaupt, allerdings habe ich davon bis jetzt niemandem erzählen können, bin ich nicht der Meinung, dass sie die Suche nach Celia ganz so ernst nimmt, die Suche nach ihrer immerhin besten Freundin, wie sie sagt.

Jedes Mal, wenn ich sie versuche, in meine Pläne einzubinden, wirkt sie auf mich etwas abweisend und unwillig. Vielleicht bin ich aber auch einfach zu streng in meiner Ansicht und vermutlich schlichtweg das andere Extrem, was das Engagement bei dieser Suche betrifft. Genau aus diesem Grund, weil ich nämlich vorankommen und Celia so schnell wie nur irgendwie möglich finden möchte, antworte ich Lena, dass ich in einer halben Stunde zu Hause bin und sie vorbeikommen kann.

Ich bin kaum in meiner Wohnung angekommen, als Lena eintrifft, konnte immerhin gerade noch Andreas Bescheid sagen und mich umziehen.

„Es tut mir leid, aber ich wollte dir das nicht als Nachricht schreiben oder am Telefon erzählen", erklärt sie.

„Überhaupt kein Problem. Was ist los mit Pavel? Wieso hast du mir nicht von ihm erzählt, nachdem er dich angesprochen hat?"

Lena schluckt und atmet tief ein, fast als wolle sie ihre Antwort herauszögern.

„Er und Celia...", beginnt sie, bricht dann aber ab.

Zwar kann ich mir denken, was sie andeuten will, möchte es aber aus ihrem Mund hören. Gespielt unwissend frage ich nach: „Was ist mir ihnen?"

Es scheint Lena schwerzufallen, mit mir darüber zu sprechen, schwerer als das Gespräch am Freitagabend vor den Fernsehkameras.

„Also gut. Celia hatte vor fast drei Monaten einmal etwas mit ihm. Du kennst sie, eigentlich ist sie überhaupt nicht der Typ für sowas. Sie hat es niemandem erzählt, weil danach etwas passiert ist."

Aufmerksam höre ich Lena zu und warte darauf, dass sie weiterspricht. Ihre Stimme wird immer verzweifelter und leiser.

„Sie dachte, es sei nur ein kleiner Flirt für zwischendurch, aber Pavel versprach sich offenbar weitaus mehr. Es gab da diesen einen Abend...“

Lena beginnt zu stottern.

„Sie machte ihm klar, dass es für mehr nicht reichen wird, sie versuchte es zumindest... Und er hat... Er wurde aggressiv... Er hat sie... Sie lag einfach nur da und konnte sich nicht wehren, verstehst du?“

Ich stehe wortlos auf und hole in der Küche ein Glas Wasser, nur um mich zu beschäftigen. Einen Moment lang muss ich erst einmal verarbeiten, was ich glaube gehört zu haben, muss mir darüber klarwerden, ob ich mir das eben nur eingebildet hatte. Auch nachdem ich zurückgekommen bin, sage ich noch immer kein Wort.

Lena sieht mich an: „Sie wollte nicht, dass du es erfährst. Du hättest dir Sorgen gemacht.“

Natürlich hätte ich das, vor allem aber wäre ich Pavel vorhin ganz anders begegnet.

„Du weißt, dass Celia mit dir über alles spricht“, meint Lena jetzt mit einer sehr ruhigen und weichen Stimme, wie ich sie von ihr noch nicht kannte. „Allerdings wusste sie, dass du ihn von früher kennst und möglicherweise zur Rede stellen wolltest. Doch er drohte, ihr etwas anzutun, wenn sie jemandem davon erzählen würde. Aus Angst vor ihm wollte sie sogar ihren Job kündigen, aber seit diesem Abend ist Pavel nicht mehr bei der Arbeit aufgetaucht.“

Ich blicke auf. So viel dazu also, dass er sich ein paar Tage freigenommen habe für die Suche. Doch im Augenblick mache ich mir in der Tat viel mehr Sorgen darum, was passiert, wenn er Celia finden würde.

„Ich habe mich vorhin mit Pavel im Stadtpark getroffen", erzähle ich. Es ist das erste Mal, dass ich etwas sage an diesem Nachmittag, zu dem Rest kann und will ich mich nicht äußern. Nicht heute.

Erschrocken sieht Lena von ihren Händen auf, die sie vor sich auf dem Tisch gefaltet hat und auf die ihr Blick die ganze Zeit über gerichtet war.

„Wieso hast du..."

„Wie hätte ich das denn ahnen können", unterbreche ich sie. „Er weiß alles, verfolgt jeden Schritt unserer Suche. Das Einzige, was er nicht weiß ist, dass du mir jetzt gerade von dieser Sache erzählt hast. Er glaubt, ich würde ihm vertrauen."

Ich erzähle Lena von seinem Plan und von dem, was er zu mir gesagt hat. Noch immer kann ich in ihrem Blick eine Mischung aus Angst und Verzweiflung erkennen.

„Was, wenn er sie vor uns findet?", fragt sie leise.

„Das wird nicht passieren", versuche ich sie zu beruhigen, auch wenn ich selbst derzeit alles andere als ruhig bin. „Unser einziges Problem ist jetzt, dass uns die Zeit davonläuft. Wir müssen nun nicht mehr nur Celia finden, sondern vor allem auch schnell, vor ihm."

Ich möchte zwar optimistisch klingen, bezweifle aber, dass das auch wirklich der Fall gewesen ist, schließlich habe ich selbst ein mulmiges Gefühl im Bauch. Der Gedanke macht sich in meinem Kopf breit, Pavel könnte wissen, wo Celia ist, vielmehr noch sogar für all das verantwortlich sein.

Wenigstens glaube ich, meine Zweifel, die Lena betreffen, komplett ablegen zu können. Obwohl ich mir jetzt noch viel mehr Sorgen mache als zuvor, bin ich froh, dass sie mit mir gesprochen hat.

„Danke, dass du es mir erzählt hast", flüstere ich.

Sie lächelt.

„Wir finden sie. Gemeinsam."

» 6.

Noch am selben Abend fahre ich mit Andreas an den Hafen. Das ist fast schon zu einer mehr oder weniger traurigen Tradition geworden, denn seit wir uns eine Wohnung teilen, fahren wir immer runter zum Hafen, wenn es einem von uns gerade nicht gutgeht und er Ablenkung braucht.

Meist gehen wir dann sogar in ein ganz bestimmtes kleines Restaurant, das trotz seiner fantastischen Lage mit Blick auf die Schiffe weder überteuert noch überbucht ist. Doch vor allem laufen wir an solchen Tagen zusammen in der Dunkelheit am beleuchteten Hafen entlang, ein Anblick, bei dem wir beide der Meinung sind, dass es uns danach gleich wieder viel bessergehe.

Fast schon glücklicherweise waren wir lange nicht mehr hier, aber heute Abend habe ich Andreas darum gebeten. Die Suche nach Celia beschäftigt mich ohnehin schon genug, aber was ich heute erfahren habe, bringt mich noch viel mehr zum Nachdenken. Ich versuche mir, nicht vorzustellen, was ihr dort passiert ist, kann mich allerdings nicht gegen die Bilder in meinem Kopf wehren.

„Wirst du morgen früh zur Arbeit gehen?", will Andreas auf einmal wissen. Wir haben uns die ganze Zeit über angeschwiegen, während wir am Hafen spaziert waren, was uns beiden nicht unangenehm war.

„Ich weiß es nicht", antworte ich verunsichert und denke nach. „Eigentlich muss ich sie jetzt noch viel mehr finden als bisher. Aber ich habe keine Ahnung, an wen ich mich noch wenden kann. Seit heute glaube ich irgendwie niemandem mehr, dass er mir wirklich helfen will."

Natürlich erhoffe ich mir, dass morgen früh zahlreiche Nachrichten auf mich warten würden, immerhin ist morgen Montag und sowohl Sebastian als auch die Produzenten von *Hamburg sucht* sehen sonntags sicherlich nicht in ihre E-Mails, bearbeiten wohl keine Anfragen und nehmen bestimmt auch keine Telefonate entgegen.

„Das Wochenende über könnten sich viele Zuschauer oder Zuhörer gemeldet haben und ich könnte schon morgen früh den entscheidenden Hinweis bekommen", lese ich meine Gedanken laut vor. „Das hoffe ich zumindest. Ansonsten bin ich wirklich bald am Verzweifeln."

Andreas sieht mich an.

„Um dir einen philosophischen Rat zu geben: Zu hoffen ist immer besser als zu verzweifeln."

„Sokrates?"

„Goethe. Du wirst morgen hingehen."

In der Tat steht Sebastian sofort von seinem Platz auf und kommt auf mich zu, als er mich am nächsten Morgen unser Redaktionsbüro durch die Türe betreten sieht. Allerdings hätte ich mir einen freudigeren Blick gewünscht, sein Gesicht wirkt ernst, zu ernst.

„Es gibt Neuigkeiten. Komm, setz dich."

Sofort mache ich mir Gedanken und male mir das Schlimmste aus, über das ich bislang noch gar nicht gedacht hatte. Was, wenn sich Augenzeugen melden, die mir erzählen können, was passiert ist, auch wenn ich es dann gar nicht mehr wissen möchte?

„Bei mir haben sich in den letzten Tagen einige Menschen gemeldet, überwiegend mit Unbrauchbarem. Unter ihnen war aber auch eine Frau namens Renate Wiegmann. Sie ist meine Nachbarin und hat mich daher nicht per E-Mail oder Telefon kontaktiert, sondern war gestern Abend bei mir zu Besuch."

Sebastian zögert und versucht offenbar, das Wesentliche zu umschreiben. Gespannt erwarte ich die Pointe.

„Die Sache ist die, dass Renate Wiegmann jeden späten Sonntagnachmittag einen Spaziergang mit ihrem Hund durch den Hirschpark macht, so auch gestern. Auf dem Weg kamen ihr Kinder entgegen, die wild mit einem Ball spielten, was ihrem Hund natürlich gefiel. Als ein Kind den Ball wegschoss, rannte ihr Hund hinterher, um ihn zu holen, doch statt zurückzukommen, bellte er laut und konnte sich gar nicht mehr beruhigen. Meine Nachbarin und eine weitere Passantin folgten dem Alarmsignal des Hundes und fanden etwas abseits des Weges schließlich..."

Sebastian holt tief Luft.

Ich sehe ihn mit großen Augen an und warte, dass er sagt, es handle sich um eine tote Möwe oder um einen verlorenen Rucksack oder etwas in der Art. Stattdessen sieht er mich bedeutungsvoll an.

„Es ist ein paar hundert Meter von dem Ort ihres Verschwindens entfernt. Natürlich hat Renate Wiegmann das sofort der Polizei gemeldet, doch sie kannte den Toten und konnte ihn direkt identifizieren."

Als Sebastian das sagt, fällt mir ein Stein vom Herzen. Für einen kurzen Moment hatte ich befürchtet, seine Nachbarin habe Celia dort gefunden.

„Warum erzählst du mir das alles? Was hat das mit Celia zu tun?"

„Das kommt noch", erklärt Sebastian.

„Renate kam deshalb zu mir, weil sie wusste, dass ich mit dir arbeite. Sie hatte von dir im Fernsehen gehört, dass Celia dort ganz in der Nähe verschwunden ist, hielt das für keinen Zufall und dachte, wir sollten das wissen. Der Tote heißt Stefan Gersmann, war etwa vierzig und der Sohn eines alten Schulfreunds meiner Nachbarin. Sagt dir dieser Name irgendetwas?"

Ich erschrecke.

Jetzt bin ich doch froh, dass ich mich gesetzt hatte, denn sonst hätte ich mich in diesem Moment hinsetzen müssen. Gerade erst habe ich den ersten Schock verdaut, dass eine Leiche unmittelbar neben dem Ort, an dem Celia verschwunden ist, gefunden wurde, und nun höre ich den Namen. Für mich klingt das alles immer weniger nach einem Zufall.

Gersmann. Genau wie Pavel.

Sebastian scheint meine Erschrockenheit bemerkt zu haben und fasst mich am Handgelenk.

„Ist alles in Ordnung? Kennst du den Toten etwa?"

Ich erzähle ihm von meinem Treffen mit Pavel gestern, davon, dass er sich wie ein Stalker verhalten hat, und von seiner Beziehung zu Celia, nur selbstverständlich ohne diese unangenehme Sache, die bei den beiden vorgefallen ist. Auch wenn ihn gerade das und die Tatsache, dass ein Mann mit gleichem Namen in dieser Gegend tot aufgefunden wird, für mich zu einem immer größeren Rätsel in der ganzen Geschichte macht.

Sofort möchte ich Lena anrufen, um ihr davon zu erzählen, aber Sebastian hält mich zurück.

„Warte einen Moment, bislang weiß die Öffentlichkeit noch nicht davon. Glaubst du, der Tote könnte etwas mit Celias Verschwinden zu tun haben?"

„Das muss er einfach", antworte ich ohne zu überlegen.

Ich frage, woran er gestorben ist, doch das habe Renate Wiegmann nicht sagen können, so Sebastian.

„Sie sagte nur, er war sehr gut versteckt, daher vermutet sie nicht, dass er aus Versehen dort war", meint er. „Allerdings ist sie weder Ärztin noch Polizistin. Aber ihr Sohn arbeitet bei der Mordkommission. Ich bin mir sicher, sie wird mir Bescheid sagen, sobald es etwas Neues gibt, vorausgesetzt, es handelt sich um einen Mord und er wird darauf angesetzt. Übrigens lässt sie ausrichten, sie ist ausgesprochen beeindruckt von dir und deiner Suche und hofft sehr, dass du Celia finden wirst."

Ich verabschiede mich für einen Moment aus dem Büro und gehe nach draußen, wo ich vor ein paar Minuten erst hergekommen war. Lena nimmt nicht ab, wahrscheinlich leitet sie gerade eine ihrer Stadtführungen.

Ein wenig verärgert kehre ich zurück nach drinnen und setze mich an meinen Schreibtisch, schließlich war ich noch gar nicht dazu gekommen, meine eigenen Nachrichten abzurufen.

Geduldig warte ich, bis mein Computer hochgefahren ist und meine E-Mails geladen werden, und mache mir in der Zwischenzeit meine Tasse Tee, die ich in der ganzen Aufregung fast schon vergessen hätte.

Während des Trinkens schiele ich auf den Bildschirm und scanne die Absender der ungelesenen Nachrichten. Zwischen zahlreichen Reaktionen auf unseren Videoblog zur bevorstehenden Bundestagswahl und vereinzelten Anfragen von Politikern sehe ich eine E-Mail von Marco Kranich, dem ich nicht meine privaten, sondern meine geschäftlichen Kontaktdaten gegeben hatte. Er teilt mir mit, dass er es geschafft habe, den Artikel noch in der Ausgabe Anfang nächster Woche unterzubringen, gleichzeitig aber natürlich weiterhin hoffe, ich könne meine Suche schon vorher erfolgreich abschließen.

Auf weitere Nachrichten, die Celia betreffen, warte ich für den Rest des Tages vergeblich. Auch Lena hat nicht zurückgerufen, obwohl ich ihr nach meinem Versuch gleich am Morgen noch zwei weitere Male angerufen und schließlich eine Nachricht hinterlassen hatte.

In der U-Bahn auf dem Weg nach Hause überlege ich, Pavel anzurufen, um herausfinden zu können, ob er von der Leiche weiß und ob es sich tatsächlich um einen Verwandten von ihm handelt. Vermutlich würde er mir das erzählen, denn er hat keine Ahnung von meinem Gespräch mit Lena gestern Abend und kann daher nicht ahnen, dass ich nun einen Grund habe, ihm nicht mehr zu vertrauen. Obwohl ich die Idee gerne zuvor mit Lena abgesprochen hätte, wähle ich seine Nummer.

„Gibt es etwas Neues?", frage ich ihn direkt und bemühe mich, mir nichts anmerken zu lassen.

Einen Moment ist es still am Telefon.

„Noch nichts, was uns verraten könnte, wo sie ist", höre ich Pavel, „doch ich habe den ganzen Tag lang gesucht, nachgeforscht und möglicherweise etwas anderes Interessantes herausgefunden."

Gespannt warte ich darauf, dass er weiterspricht.

„Nur damit wir das geklärt haben, das bleibt alles unter uns, nicht wahr?"

Ich zögere.

„Es hört niemand mit. Was ist denn passiert?", dränge ich, wohlwissend, dass ich seiner Bitte vermutlich nicht nachkommen würde.

„Ich möchte vorsichtig damit sein, jemanden bei dieser Sache ins Spiel zu bringen oder sogar zu beschuldigen, der möglicherweise gar nichts von all dem weiß..."

Wieder einmal redet er um das Wesentliche herum.

„Pavel, was ist los?", rufe ich, wahrscheinlich sogar lauter als ich es gewollt hatte. Doch es zeigt Wirkung.

„Kennst du eine Frau namens Juneau Schweizer?"

Beinahe wäre mir mein Handy aus der Hand gefallen.

Er ergänzt: „Vielleicht hat Celia dir ja mal von ihr erzählt. Die Beiden müssten ungefähr gleichalt sein, denn sie gingen zusammen zur Grundschule."

Ich höre gar nicht richtig hin. Wie hat er von Juneau erfahren? Und was soll sie mit der ganzen Geschichte überhaupt zu tun haben? Meine Hand zittert und ich bin nicht in der Lage, meine Fragen auszusprechen.

Stattdessen erzählt Pavel von sich aus: „Auf jeden Fall möchte ich ja wie gesagt niemandem etwas unterstellen, zumal ich Juneau Schweizer gar nicht kenne. Aber bei meiner Recherche bin ich auf eine Geschichte gestoßen, an die sich diese Juneau sicherlich gar nicht gerne erinnern wird."

Ich frage mich, wie er von einer Geschichte erfahren hat, die aus der Kindheit von Juneau und Celia stammt, meiner Freundin und meiner besten Freundin, und von der ich nichts weiß. Beide haben mir bislang verschwiegen, dass sie sich überhaupt kennen.

Dabei fällt mir allerdings auf, dass ich mich mit keiner der beiden jemals für eine längere Zeit über die Kindheit unterhalten habe. Juneau kenne ich ja selbst erst seit gut einem halben Jahr und weiß lediglich, dass sie fünf Jahre zuvor von ihren Eltern aus Niedersachsen weg und hierher nach Hamburg gezogen ist. Sie spricht nicht gerne über ihre Eltern, deshalb habe ich sie nie genauer nach ihnen oder ihrer Heimat gefragt, ehrlich gesagt kenne ich nicht einmal den Namen des Dorfes, aus dem sie stammt.

Mit Celia bin ich befreundet, seit ich zwölf bin und sie elf, also immerhin fast seit unserer Kindheit. Natürlich weiß ich nicht, mit wem sie zusammen zur Grundschule gegangen ist, denn das war, bevor sie nach Hamburg auf meine Schule gekommen war, und doch kann und will ich immer noch nicht so recht glauben, dass beide im gleichen Dorf aufgewachsen sein sollen und ich keine Ahnung davon habe. Und noch viel weniger will ich wahrhaben, dass ich es nicht von Celia oder Juneau erfahre, sondern von einem ehemaligen Golffreund, bei dem ich mir nicht einmal sicher bin, ob ich ihm vertrauen kann.

Natürlich weiß ich gerade deshalb nicht, ob ich Pavel und seiner Geschichte glauben soll. Doch ich lasse mich von meiner Neugier überzeugen und möchte sie mir zumindest anhören.

„Also?", frage ich, als die Leitung eine Weile still ist.

Auf das vorgespielte Interesse scheint er nur gewartet zu haben und beginnt euphorisch mit seiner Erzählung, als habe er soeben eine sensationelle Enthüllungsgeschichte über unseren Bundespräsidenten erfahren.

„Es ist vor ziemlich genau fünfzehn Jahren passiert", beginnt Pavel. Zwar bemüht er sich, in seiner typisch spaßigen Art Spannung aufzubauen und mir die selbsternannte Vorstadtlegende so lebhaft wie möglich zu erzählen, doch ich bin in dieser Situation nicht gerade für so etwas aufgelegt und habe vielmehr Angst vor dem, was ich gleich erfahren würde.

Ich bitte ihn, ernst zu bleiben, und erinnere ihn an den Grund für seine Recherche und für unser Telefonat.

Etwas ernster setzt er fort: „Celia und die besagte Juneau Schweizer gingen, wie bereits angedeutet, gemeinsam zur Grundschule. Allerdings war da auch noch ein drittes Mädchen, Kathy, deren vollständigen Namen ich leider nicht herausfinden konnte. Die drei jungen Mädchen, damals alle in der vierten Klasse, müssen scheinbar gute Freundinnen gewesen sein, wie man es sich in der Grundschule vorstellt. Doch eines Nachmittags passierte etwas Schreckliches."

Pavel hält kurz inne.

„Ein warmer Nachmittag, die Mädchen waren am Fluss, der am Rande des Dorfes vorbeifließt. Irgendwie muss es beim Baden zum Streit zwischen den Dreien gekommen sein, unter Kindern kommt das ja gelegentlich vor und passiert zugegebenermaßen schnell einmal. Ich war nicht dabei, also kann ich dir nicht ganz genau sagen, was damals geschehen ist, aber..."

Wieder legt er eine Pause ein.

„Die dritte Freundin, Kathy. Sie hat es nicht überlebt."

Erschrocken sehe ich mich in der U-Bahn um, ohne wirklich zu wissen, wieso ich das tat, fast als würde ich das Mädchen suchen, von dem Pavel erzählt. Ich kann nicht glauben, was ich gehört habe.

„Pavel, woher weißt du das alles?", frage ich ihn.

„In den Sozialen Medien bin ich jeden Kontakt von Celia durchgegangen und habe versucht, nachzuvollziehen, wieso diese Person in ihren Kontakten steht", erklärt er. „Darunter war auch Juneau Schweizer, deren Profil ziemlich leer ist. Das einzig Interessante, das ich fand, war ein Posting für ihre ehemalige Freundin Kathy, jedes Jahr zuverlässig an demselben Tag. Aus all diesen Erinnerungsbeiträgen der letzten Jahre gelang es mir, diese Geschichte zu bilden."

Allerdings gibt es eine Sache, die ich noch nicht verstehe: „Wie kommst du anhand dieser Sache darauf, dass Juneau etwas mit Celias Verschwinden zu tun haben könnte?"

„Ich war noch nicht ganz fertig", entgegnet Pavel, „aus den Beiträgen geht auch hervor, dass Celia an diesem Tag mehr als nur dabei gewesen sein muss. In dem Text vor drei Jahren schrieb Juneau, wie geehrt sie sich fühle, dass Celia und sie ihren letzten Tag mit ihr verbringen durften. Und letztes Jahr ist zu lesen, dass sie sich vorwirft, das alles wäre nicht passiert, wenn sie an diesem Nachmittag doch bloß zu zweit gewesen wären, wie sie es offenbar ursprünglich vorgehabt hätten. Leonard, ich glaube, diese

Juneau wirft Celia vor, dass sie schuld am Tod ihrer gemeinsamen Freundin ist!"

Die ganze Sache wird mir nun immer unangenehmer. Pavel hat schließlich keine Ahnung, dass er von meiner Freundin spricht. Aber noch immer scheint er nicht fertig zu sein.

„Und jetzt rate mal, an welchem Datum das damals passiert ist."

Eine böse Vorahnung in mir kann es sich fast denken.

„25. August!"

Ich schlucke.

„Das kann kein Zufall sein, Leonard, wir müssen diese Juneau finden. Ich setze bereits alles daran, sie irgendwie ausfindig zu machen. Nachher schicke ich dir ihr Profilbild, vielleicht hast du sie ja schon einmal gesehen."

Ich weiß nicht mehr, was ich denken soll.

„Und du bist dir absolut sicher?", möchte ich wissen, es ist das Einzige, das mir im Moment dazu einfällt.

Pavel klingt jedoch alles andere als unsicher: „Hundertprozentig. Sie muss einfach etwas mit der ganzen Sache zu tun haben. Nein, ich lege mich sogar fest: Finden wir sie, finden wir auch Celia."

» 7.

Nach meinem Telefonat mit Pavel bin ich fassungslos. Ich denke darüber nach, ob er recht haben könnte, weiß immer noch nicht, ob ich ihm glauben kann. Aber wieso sollte es ausgerechnet Juneau gewesen sein?

Gerne hätte ich die Beiträge von ihr selbst gelesen, doch ich habe vor lauter Entsetzen und Erschrecken vergessen, ihn nach Bildern davon zu fragen, und selbst lesen kann ich sie nicht, da ich mein Profil auf dieser Plattform bereits gelöscht habe.

Mittlerweile bin ich an meiner heimischen U-Bahn-Haltestelle angekommen und laufe die wenigen Meter bis zu unserer Wohnung. Andreas ist bereits zu Hause, worüber ich sehr froh bin, denn ich benötige dringend einen freundschaftlichen und gleichzeitig intelligenten Rat.

Während wir uns etwas zu essen machen, erzähle ich ihm alles, was er bisher verpasst hat, von der Leiche im Hirschpark über Lenas merkwürdige Abwesenheit bis hin zu Pavels Grundschullegende.

Was ich sehr an Andreas schätze ist, dass er stets aufmerksam zuhört. Und damit meine ich die Art von Zuhören, bei der er das Gesagte auch verstehen möchte und nicht bloß zuhört, nur um darauf zu antworten und dann über das nächste Thema zu sprechen.

„Wenn du ehrlich bist, gibt es nur eine Möglichkeit: Du musst dich sofort auf den Weg zu Juneau machen und sie auf diese Sache ansprechen. Nur so kannst du herausfinden, ob es wirklich so passiert ist und vor allem, ob sie Celia tatsächlich die Schuld dafür gibt", schlägt Andreas vor. Darüber habe ich auch nachgedacht, doch etwas hindert mich daran, es zu tun.

„Um ehrlich zu sein habe ich Angst, meine Beziehung aufs Spiel zu setzen, wenn die Geschichte nicht stimmt."

„Wenn sie stimmt oder wenn sie nicht stimmt?"

Wahrscheinlich ist es genau das, was ich nicht habe in Worte fassen können. Vielleicht habe ich Angst vor dem Gespräch mit Juneau, weil ihre Antwort mir unangenehm sein wird, ganz egal, wie sie ausfällt.

Andreas überlegt einen Moment.

„Du weißt, dass es keine andere Wahl gibt. Ruf sie an und sag ihr, dass du in einer halben Stunde bei ihr bist. Das ist eine Sache, die ihr persönlich klären solltet."

Ich nicke langsam und stumm und drehe mich zur Türe, um wieder zurück zur U-Bahn zu gehen.

„Wo willst du hin?", ruft Andreas mir nach.

„Ich fahre direkt zu ihr. Nur um sicherzugehen, dass sie nicht auch noch verschwindet", antworte ich und ziehe die Türe hinter mir zu.

Juneau ist um diese Zeit bereits zurück von der Arbeit und sichtlich verwundert über meinen unangekündigten Besuch, wie ich in ihrem Blick lesen kann, als ich vor ihrer Türe stehe und sie sie mir öffnet. Während ich Juneau umarme, ruft irgendetwas laut in mir, ich solle mit ihr über Filme reden oder einen Zoobesuch planen, auf keinen Fall aber auf Pavels Geschichte ansprechen.

Ich lasse mir einen Tee bringen und setze mich sehr dicht neben sie auf ihre Stoffcouch, sodass sich unsere Knie ein wenig berühren.

„Ist alles in Ordnung?", fragt sie und streicht mir vorsichtig mit ihrer Hand über meine Schulter.

Ich erinnere mich an kaum einen Moment, in dem es mir vergleichsweise schwergefallen ist, etwas zu sagen.

„Juneau, darf ich dich was fragen?"

„Klar, jederzeit."

Sie hört sich verwundert an.

„Kanntest du Celia?"

Mit einem aufgesetzten Lächeln sieht sie mich an, als wüsste sie nicht, wovon ich spreche.

„Was meinst du?"

Mein Blick wird ernster und ich hake nach.

„Du weißt schon, vor der WG-Party."

Ich mach eine kurze Pause.

„Ihr wart zusammen auf der Grundschule, nicht wahr? Und ihr wart auch ziemlich gut befreundet damals."

Juneau greift unsicher nach ihrem Kaffee, den sie zuvor ebenfalls aus der Küche mitgebracht hatte. Ihr Lächeln ist auf einmal verschwunden und sie sieht mich nicht an.

„Doch dann ist irgendwas passiert, habe ich recht? Ihr kennt euch und du hast mir nie davon erzählt, oder?"

Sie stellt die Tasse wieder ab und rutscht unauffällig ein kleines Stück von mir weg, um die Berührung unserer Beine zu lösen. Nachdenklich sieht sie auf ihr Knie, dann auf meins. Es dauert eine ganze Weile, bis sie antwortet.

„Ich habe seit diesem Tag nie wieder mit irgendjemandem darüber gesprochen."

Unruhig steht sie auf und setzt sich sofort wieder hin.

„Was ist passiert?", frage ich.

„Wir waren beste Freundinnen. Drei beste Freundinnen, um genau zu sein. Celia, Kathy und ich. An diesem Nachmittag war es so unglaublich heiß, also sind wir mit unseren Eltern an den Fluss gegangen. Wir waren alle drei zum ersten Mal dort, denn man hat uns immer gesagt, es sei zu gefährlich, in dem Fluss zu baden. Aber wir sahen unsere Eltern darin, als wir am Ufer spielten, da wollten wir natürlich auch. Für einen kurzen Moment waren wir unbeaufsichtigt, unsere Eltern dachten schließlich, wir würden zufrieden im Gras spielen."

Juneau schießt eine Träne aus dem Auge und ich möchte einen Arm um sie legen, doch sie steht wieder auf und starrt auf den Fußboden.

„Ich schlug vor, dass wir ein paar Meter entfernt in den Fluss gehen könnten. Dort war es niedriger, scheinbar niedrig genug um zu stehen, dachten wir alle. Gemeinsam gingen wir zu der Stelle und stiegen ein, Kathy voraus. Celia war direkt hinter ihr und hielt einen Fuß vorsichtig ins Wasser, um zu testen, wie kalt es war. Dabei verlor sie das Gleichgewicht und fiel von hinten auf Kathy, die sich dadurch ebenfalls nicht mehr halten konnte und in den Fluss hineinrutschte. Sie schlug mit dem Hinterkopf auf einem Stein im Wasser auf."

Mittlerweile weint sie.

„Sie bewegte sich nicht mehr und das Wasser färbte sich immer mehr rot. Hilflos riefen wir nach unseren Eltern, aber bis die bei uns waren, war es zu spät. Und ich stand nur daneben und sah zu, verstehst du? Ich sah ihr einfach dabei zu, wie sie vor meinen Augen im Wasser starb, und ich tat gar nichts!"

Den letzten Satz kann Juneau zwischen ihren Tränen kaum noch aussprechen. Sie weint jetzt immer heftiger und ich stehe auf, um sie zu umarmen und zu beruhigen. Doch während ich meinen rechten Arm um sie lege, mache ich mir Gedanken darüber, was das nun bedeutet, dass diese Geschichte also wirklich stimmt. Mit all den Dingen, die Pavel vermutet und ich befürchtet hatte.

Für mich könnte die Situation schlimmer nicht sein: Meine beste Freundin ist verschwunden und meine Freundin hat mir in dieser Sache etwas verschwiegen, hat eine Geschichte aus der Vergangenheit mit Celia erlebt, die man in Vorabendkrimis als Motiv bezeichnen würde. Sie könnte etwas damit zu tun haben, auch wenn ich tief im Inneren ganz sicher weiß, dass das nicht der Fall ist. Und doch werden immer wieder Zweifel in mir laut, weil alles einfach zu gut zusammenpasst, die Geschichte von damals, das Verschweigen dieser ganzen Sache, das Datum.

Irgendwie fast schon zu gut.

Ich weiß nicht, wem ich glauben soll, und ich weiß vor allem auch nicht, welche Überraschungen noch auf mich warten würden, wenn ich weitersuche. Je mehr ich erfahre, desto weniger glaubt der Optimist in mir gerade noch an das Happy End dieser ganzen Geschichte. Für mich stellt sich die Frage, was genau eigentlich jetzt noch ein Happy End wäre.

Eine Weile lang sprechen wir beide nicht und in der Wohnung ist nur das Schluchzen von Juneau zu hören, dass sich gelegentlich wiederholt. Mir fehlen die richtigen Worte, um etwas zu sagen. Als Juneau bemerkt, wie nachdenklich ich geworden bin, versucht sie sich wieder zu sammeln und beginnt zu sprechen.

„Wir haben an diesem Nachmittag beide gemeinsam beschlossen, diese Geschichte niemandem zu erzählen", flüstert sie schließlich. Ich stehe mit dem Rücken zu ihr am Fenster und drehe mich nicht um.

„Leonard, ich weiß, du bist sicherlich enttäuscht darüber, wie du jetzt gerade erfahren musst, dass Celia und ich uns kennen. Und es tut mir leid, dass wir dir das nicht früher gesagt haben. Du kannst dir wahrscheinlich denken, dass auch unsere Freundschaft sehr unter diesem Vorfall gelitten hat."

„Du meinst, dass ihr seither auch kein Wort mehr miteinander gesprochen habt, weil Celia in deinen Augen die Schuld dafür trägt?"

Meine Frage klingt forsch und ich drehe mich dabei um.

Juneau sieht mich traurig an.

„Für Kinder besteht das Leben noch aus einfachen Gleichungen. Sie machen sich keinerlei Gedanken über Hintergründe oder Zusammenhänge, sondern akzeptieren nur das als ihre Realität, was sie mit ihren eigenen Augen sehen, ohne weiter darüber nachzudenken. Ich sah damals, wie Kathy ins Wasser fiel, nachdem sich Celia auf ihr abgestützt hatte. Und damit war Celia für mich verantwortlich dafür."

Mir geht es nicht gut dabei, darüber zu sprechen, ich will das alles eigentlich gar nicht hören. Um es zu beenden, fasse ich mir ein Herz.

„Es tut mir wirklich unglaublich leid, dass ich das jetzt sage, Juneau. Aber du weißt, an welchem Tag Celia verschwunden ist, nicht wahr?"

In ihrem Blick sehe ich eine Mischung aus Verzweiflung und Enttäuschung.

„Ich weiß, wie das für dich aussehen muss. Doch du musst mir glauben, Leonard, ich habe absolut nichts damit zu tun. Dieser Tag wurde bestimmt nicht zufällig ausgesucht, das ist keine Frage, aber ich habe wirklich nicht die geringste Ahnung. Glaub mir."

Ich sehe in ihren Augen, dass Juneau die Wahrheit sagt. Wahrscheinlich will ich das auch. Allerdings wisse außer den Beiden niemand, was damals passiert ist, versichert mir Juneau. Selbst den Eltern von Kathy hätten sie offenbar immer erzählt, dass ihre Tochter ausgerutscht sei, sie würden Celia also auch nicht für den Unfall verantwortlich machen können. Und doch muss es jemand gewusst haben, wenn es kein Zufall war.

Ich beschließe, meiner Freundin zu vertrauen, dass sie die Wahrheit sagt.

„Hast du das mit der Leiche im Hirschpark heute Morgen auch gehört?", will ich von ihr wissen.

Sie schüttelt den Kopf, dabei fällt mir ein, dass ich es heute Morgen ja von Sebastian und nicht im Radio gehört hatte, mit dem Hinweis, das Ganze sei noch nicht öffentlich. Außerdem stelle ich erschrocken fest, dass ich gar nicht dazu gekommen war, Pavel danach zu fragen, weil dieser mich sofort mit seiner Geschichte überrascht hat und ich danach nicht mehr an die Leiche dachte.

Stattdessen erzähle ich nun Juneau von dem Fund und dem Zusammenhang mit dem Ort des Verschwindens von Celia. Den Namen des Toten erwähne ich dabei nicht.

„Sagt dir der Name Pavel Gersmann etwas?"

Juneau überlegt einen Moment und glaubt, ihn irgendwo schon einmal gehört zu haben. Von mir jedenfalls nicht, den im letzten halben Jahr, seit wir uns kennen, habe ich nicht ansatzweise an ihn gedacht.

Nach kurzem Nachdenken fällt es ihr ein.

„Das ist der Ex-Freund meiner Freundin und ein junger Politiker, der bei der nächsten Bürgerschaftswahl antreten möchte", erzählt sie.

Verdutzt sehe ich sie an und wiederhole, was sie eben gesagt hat.

„Er will was?"

Immerhin bin ich Politikjournalist und bilde mir ein, alle wichtigen Politiker unserer Stadt zu kennen. Nie war ich bisher auf seinen Namen gestoßen bei einer unserer Recherchen, wobei wir uns mit der Wahl zur Bürgerschaft, dem Hamburger Landesparlament, im Moment einmal noch gar nicht beschäftigt hatten und uns vielmehr auf die Bundestagswahl konzentrierten. Wenn ich darüber nachdenke, ist das aber eigentlich völlig falsch von uns, denn die Bürgerschaftswahlen stehen schon im Herbst nächstes Jahr an und der Wahlkampf dafür wird vermutlich direkt nach den bundesweiten Wahlen beginnen. Dennoch wundere ich mich, wieso ich in diesem Zusammenhang seinen Namen nie gelesen habe.

„Wie hast du davon erfahren?", frage ich Juneau, die stolz darauf zu sein scheint, einen Politiker mehr zu kennen als ich, sofern man ihn denn als Politiker bezeichnen kann.

„Bis vor ein paar Monaten war eine sehr gute Freundin von mir noch mit ihm zusammen", erklärt sie, „ihr hat er immer von seinen Plänen für die Wahl erzählt und was er politisch so alles bewegen möchte. Ich habe ihn aber nur einmal persönlich kennengelernt und kann nicht beurteilen, ob er ernst zu nehmen ist."

Jetzt kläre ich auch Juneau über die ganze Sache mit Pavel auf, berichte von seinem plötzlichen Anruf bei mir, seinem Stalking-ähnlichen Verhalten bei der Suche und seiner kurzen Affäre mit Celia, natürlich wiederum ohne das Ende, von dem ja eigentlich niemand weiß. Ich nenne ihr den Namen des Mannes, der tot im Park gefunden wurde, und spekuliere gemeinsam mit Juneau über einen möglichen Zusammenhang.

„Hast du schon mal darüber nachgedacht, dass Pavel wissen könnte, wo Celia ist?", will sie auf einmal wissen.

„Natürlich habe ich das", entgegne ich, „aber wieso sollte er dann so akribisch nach ihr suchen? Meinst du, das ist ein Spiel für ihn?"

Juneau sagt einen Moment lang nichts.

„Du bist derjenige, der am hartnäckigsten nach Celia sucht. Solange du glaubst, er würde dir bei der Suche helfen, wirst du ihn nie verdächtigen."

Irgendwas ist dran an ihrer Theorie, die ich mir noch nicht überlegt hatte. Doch ich verstehe nicht, was Pavel das Ganze dann überhaupt bringen solle.

„Das müssen wir eben noch herausfinden", meint Juneau zu meiner Skepsis. Sie klingt überzeugt, mir ab sofort die Suche nicht mehr ausreden zu wollen und stattdessen bei der Suche dabei sein zu wollen. Für mich.

Ich lege meine Hand auf ihren Arm und lächle.

Erst, nachdem ich wieder zu Hause angekommen bin, greife ich zu meinem Handy. Obwohl ich des Berufes wegen eigentlich immer erreichbar sein möchte und mein Handy daher selten bis gar nie auf stumm schalte oder sogar komplett aus, gelingt es Juneau jedes Mal aufs Neue, mich alles vergessen zu lassen. Ich meine das sehr positiv, denn in ihrer Gegenwart habe ich gar nicht erst das Bedürfnis, für andere Menschen erreichbar zu sein.

Doch so sehr ich es genieße, wenn ich bei ihr bin, so sehr bereue ich es meist auch nachträglich, genau wie heute Abend. Von Lena ist ein verpasster Anruf und eine vierzehnsekündige Nachricht auf der Mailbox gespeichert und ich erinnere mich, dass ich sie den ganzen Tag über nicht hatte erreichen können. Vermutlich weiß sie daher noch gar nichts von dem Toten heute Morgen.

Sofort höre ich das Gesprochene ab und erfahre, sie müsse leider kurzfristig nach Süddeutschland fahren und ich solle mich nicht wundern, wenn ich sie in den nächsten Tagen nicht erreiche.

Zugegeben, geheimnisvoller hätte sie mir das nicht sagen können. Und dass das Ganze auch noch mitten in der Phase unserer Suche passiert, in der es zum ersten Mal überhaupt eine heiße Spur gibt, ist merkwürdig.

Für mich ist ihr Verhalten weiterhin sehr fraglich, schließlich geht es auch um ihre beste Freundin, wie sie erst am Freitag vor laufender Kamera bestätigt hatte, doch ich kannte sie wie gesagt vor zwei Wochen noch so gut wie gar nicht und möchte deshalb noch immer nicht über sie urteilen. Möglicherweise gibt es einen familiären Notfall in ihrer Heimat, vielleicht auch ein runder Geburtstag. Mir gegenüber ist sie da keine Rechenschaft schuldig und so halte ich es auch nicht für empörend, mir den Grund nicht mitzuteilen.

Dennoch wundere ich mich über die Kürze ihrer Nachricht und das Mysteriöse in ihrer Stimme, doch wahrscheinlich bilde ich mir das nur ein und dieser Eindruck ist auf die gelüfteten Geheimnisse von gestern und heute Abend zurückzuführen.

„Es kam in den Nachrichten", ruft Andreas aus dem Wohnzimmer, als er mich im Flur bemerkt. Ich lege mein Handy auf den Tisch und gehe zu ihm.

„Was meinst du?"

„Der Tote im Hirschpark. Gefunden gestern am frühen Abend, angeblich Anfang vierzig und hier aus Hamburg. Todesursache noch unklar."

Nichts, was ich noch nicht wusste.

„Was ist mit seinem Beruf?", frage ich, doch Andreas verneint. „Darüber haben sie nichts gesagt. Dein Arbeitskollege wird doch sicherlich mehr über ihn wissen. Dessen Nachbarin scheint ihn ja gekannt zu haben, wie du sagtest, nicht wahr?"

Ich hatte mir sowieso vorgenommen, mit Sebastian zu sprechen, und nicke. Dabei stellt Andreas den Ton des Fernsehers auf stumm und dreht sich mit ernstem und doch interessiertem Blick zu mir.

„Aber zurück zu den Lebenden: Was sagt deine Freundin nun? Stimmt die Geschichte von ihr und Celia?"

„Bis ins Detail."

Ich antworte mit einem enttäuschten Unterton.

„Leider ist tatsächlich alles so passiert wie von Pavel vermutet. Das dritte Mädchen rutscht aus, fällt, stirbt durch eine Kopfverletzung und Celia hat mehr oder weniger Schuld daran. Juneau und sie haben den gegenseitigen Kontakt zwar angeblich abgebrochen, jedoch macht sie Celia nicht mehr verantwortlich für die ganze Sache und will mich nun stattdessen sogar so etwas wie unterstützen, Celia zu finden."

Andreas sieht mich an, als wisse er, dass ich zweifle.

„Und du glaubst ihr also?"

Er klingt sarkastisch.

„Natürlich", antworte ich und bücke mich, um die Schnürsenkel meiner Schuhe zu öffnen, nur um Andreas bei meiner Antwort nicht ansehen zu müssen.

„Leonard, du kannst mir nichts vormachen."

Ich spüre seinen Blick, während ich mit meinem rechten Schuh beschäftigt bin. Erst, nachdem ich es geschafft habe, blicke ich auf.

„Mein Herz vertraut ihr zu einhundert Prozent, aber mein Verstand lässt das noch nicht ganz zu, auch wenn ich mir das Gegenteil einzureden versuche."

„Weißt du, ich sehe nicht in dich hinein, und ich kann noch viel weniger wissen, wie ehrlich eure Beziehung wirklich ist. Diese Frage kannst letztendlich nur du selbst beantworten, wenn du dir selbst gegenüber ehrlich bist."

Er wartet ab, bis ich ihn ansehe.

„Allerdings glaube ich, dass du immer zuerst einmal auf dein Herz hören solltest, ehe du tage- und nächtelang zu denken beginnst. Ich bin überzeugt, das soll von Natur aus so sein, denn sonst hätte dein Herz auch nicht schon längst geschlagen, bevor du überhaupt über irgendetwas nachdenken konntest."

Ich sage nichts dazu und stelle meine Schuhe in den Schrank.

» 8.

Am Ende einer Nacht, in der ich kaum schlafen kann, weil am Tag zuvor einfach zu viel geschehen ist, spreche ich Sebastian noch einmal auf den Toten an.

Zur Arbeit zu gehen fällt mir in diesen Tagen nicht einfach, und das obwohl ich wirklich eine sehr große Leidenschaft für meinen Beruf habe und wir uns zudem kurz vor den Wahlen und damit in einer der spannendsten Phasen überhaupt befinden. Auch das führe ich darauf zurück, dass viel zu viel passiert und mein Kopf aktuell nicht mehr zur Ruhe kommt.

Ich möchte nicht sagen, dass ich unkonzentriert bin bei der Arbeit, allerdings ist der Gedanke an Neuigkeiten von Sebastian, seinem Radiospot oder seiner Nachbarin derzeit eine größere Motivation für mich als der Gedanke an Selbiges vom engen Kopf-an-Kopf-Rennen bei der Bundestagswahl. Und darüber mache ich mir ein wenig Sorgen, denn so kenne ich mich selbst eigentlich nicht.

„Hat deine Nachbarin eigentlich noch einmal etwas über Stefan Gersmann gesagt?", frage ich Sebastian nach einer Weile vorsichtig.

Er nickt.

„Ich dachte mir, dass du dich nicht mit dem zufriedengeben wirst, was du in der Presse hörst, das liegt vermutlich an unserem Beruf."

Lächelnd nimmt er einen Schluck Kaffee.

„Also habe ich Renate ein bisschen ausgefragt über den Toten, und da sie seinen Vater aus alten Schulzeiten gut kennt und bis heute in Kontakt steht, weiß sie auch einiges über den Sohn."

Eigentlich hätte ich gerne direkt meine erste Frage gestellt, fast wie in einem Interview, aber natürlich habe ich mehr als nur eine Frage und möchte Sebastian erstmal alles erzählen lassen, in der Hoffnung, er würde schon vorab ohnehin alles beantworten.

„Renate beteuert, Stefan Gersmann sei ein sehr liebenswürdiger Mensch gewesen", beginnt er, „daher könne sie in erster Linie nicht verstehen, wer etwas gegen ihn gehabt haben könnte. Offenbar sei er ein unauffälliger, aber anständiger Mann gewesen. Laut meiner Nachbarin habe er keine Familie gegründet, stattdessen aber, wie sie von seinem Vater erfuhr, einen sehr engen Kontakt zu seiner eigenen Familie gepflegt. Und hier wird es interessant für dich, denn zur Familie gehören nämlich nicht nur seine Eltern, sondern auch sein jüngerer Bruder."

„Pavel", ergänze ich wie selbstverständlich.

„Das bedeutet, dass er vom Tod seines Bruders gewusst haben muss. Deshalb sucht er so akribisch nach Celia, nicht wahr? Sie ist in dieser Gegend verschwunden, in der sein Bruder tot aufgefunden wird. Also glaubt er, sie habe etwas damit zu tun, vielleicht sogar, sie habe ihn umgebracht. Auf jeden Fall braucht er sie, um herauszufinden, was mit Stefan Gersmann passiert ist."

Ich verliere mich fast in meinen Spekulationen. Sebastian hört aufmerksam zu, obwohl er in ein paar Minuten mit seiner wöchentlichen Radioshow auf Sendung geht.

„Aus seiner Sicht mag das ja alles zusammenpassen. Aber du glaubst nicht wirklich daran, dass Celia etwas mit einem Mord zu tun haben könnte, oder?"

Ich überlege einen Moment, allerdings nicht wegen seiner Frage, sondern weil er davon ausgeht, es handle sich bei Stefan Gersmann um einen Mord.

Doch Sebastian bestätigt das.

„Ihr Sohn, der bei der Mordkommission arbeitet, nimmt sich dem Fall an. Sie hat das nur in einem Nebensatz erwähnt, aber wenn er ermittelt, muss es sich um einen Mord handeln."

Er sieht mich an.

„Du hast meine Frage noch nicht beantwortet."

„Eigentlich müsste ich sie dir spontan verneinen", antworte ich, „doch irgendwie glaube ich mittlerweile, dass es um mehr geht bei der ganzen Sache. Was, wenn sie ihn tatsächlich umgebracht hat und deshalb verschwunden ist? Oder wenn sie gesehen hat, wer es war, und aus Angst untertauchen musste?"

„Ich kenne Celia nur aus deinen Erzählungen", erwidert Sebastian zögerlich, „allerdings bilde ich mir ein, sie trotzdem relativ gut zu kennen. Und so, wie du sie mir beschrieben hast, würde sie keinen Menschen töten. Nicht ohne Grund und auch nicht mit Grund. Wenn sie irgendetwas damit zu tun hat, dann ganz bestimmt nicht freiwillig."

Tief in meinem Inneren bin ich davon überzeugt und es tut mir gut, dass auch Sebastian daran glaubt.

„Warum hat sie sich dann nie bei mir gemeldet in den letzten zweieinhalb Wochen, wenn sie doch sieht, welchen Aufwand ich für sie betreibe?", möchte ich wissen.

„Vielleicht wollte sie, aber hatte schlichtweg nicht die Möglichkeit dazu. Glaube mir, sobald sie kann, wirst du von ihr hören.“

Konzentration wäre, wie in diesen Tagen leider bei fast allem, was ich tat, eine falsche Bezeichnung für das, was ich bei der Arbeit an den Tag lege, und Dementsprechendes bringe ich auch zu Papier. Mit meinen geschriebenen Artikeln bin ich nicht zufrieden und ärgere mich noch mehr über mich selbst.

Seit dem, was Sebastian gesagt hat, schwirrt ein völlig neuer Gedanke durch meinen Kopf: Bisher habe ich nie ernsthaft damit gerechnet, Celia würde sich von selbst melden, dabei jedoch nicht den geringsten Zweifel daran, dass sie noch lebt. Auf einmal aber frage ich mich, wieso sie bislang nicht von sich aus angerufen hat, keine Nachricht geschickt oder zumindest ein kurzes Zeichen von sich gegeben, und warum ich trotzdem überzeugt bin, dass sie nicht tot ist.

Prompt tappe ich bei diesen Gedanken wieder in dieselbe Falle, die bei mir leider immer zuschnappt, wenn es um einen für mich besonderen Menschen geht – sofort überlege ich, ob sich Celia vielleicht einfach nicht *bei mir* gemeldet hat. In der Tat könnte es ja möglich sein, dass sie schon längst Kontakt mit jemandem aufgenommen hat und es hier einen Menschen gibt, der Bescheid weiß. Nur eben, dass ich derjenige nicht bin.

Sofort beginnt der Film in meinem Kopf abzulaufen. Warum bin ich es nicht? Was ist passiert, das mich nicht zu der ersten Person macht, die Celia informiert? Wer könnte von ihr Bescheid bekommen haben? Und warum ging das alles an mir vorbei?

Ich habe leider keine Ahnung, wie ich mich selbst vor dieser Gedankenflut bewahren könnte. Fast wie auf einem Band laufen meine Gedanken wild durcheinander an meinem inneren Auge vorbei. Mit diesem Problem habe ich immer wieder zu kämpfen, dass ich mir aus einem einzigen kleinen Gedanken riesige Szenarien ausmale, in denen weit mehr passiert, als eigentlich tatsächlich der Fall ist. Oft ist mein Leben in meinem Kopf schon viel weiter fortgeschritten als in der Realität und ich grüble über virtuelle Probleme, die sowieso nie existieren werden. Genau daran ist auch meine letzte Beziehung gescheitert, die einzige vor der jetzigen mit Juneau.

Meine Zweifel lassen mich wie befürchtet in der Tat bis zum Abend nicht mehr los, und das nur wegen eines kurzen Gedankens, der mir während des Gesprächs am Morgen mit Sebastian gekommen war. Doch als ich nach der Arbeit nach Hause komme und gerade dabei bin, gemeinsam mit Andreas das Abendessen vorzubereiten, vibriert mein Handy.

Andreas macht mich darauf aufmerksam, doch ich bin eigentlich ganz froh um die Ruhe an diesem Abend und zeige wenig Interesse dafür.

„Soll ich für dich nachsehen?"

Ich stimme bereitwillig zu.

Viele meiner Bekannten würden nichts und niemanden auf ihr Handy sehen und damit in ihre fast schon heilige Privatsphäre eindringen lassen, aber ich vertraue Andreas und habe keinerlei Geheimnisse vor ihm, weshalb es für mich überhaupt kein Problem ist, wenn er auf mein Handy sieht.

„Oh, geheimnisvoll, eine unbekannte Nummer" scherzt er, wird jedoch sofort wieder ernst.

„Und auch die Nachricht ist etwas seltsam, sieh dir das lieber doch mal selbst an. Seit wann interessierst du dich für Möwen?"

Hastig nehme ich ihm mein Handy aus der Hand und sehe die Nachricht an.

„Es tut mir leid, Leonard. Jede Möwe fliegt wohl irgendwann einmal davon", lese ich laut vor.

Langsam sehe ich vom Display auf.

„Das ist Celia!"

» 9.

Andreas sieht mich verdutzt an, als verstehe er die Welt nicht mehr.

„Ganz langsam. Wie kommst du darauf, dass das von Celia kommen könnte? Immerhin ist das ja nicht einmal ihre Nummer."

Für mich ist es sofort völlig klar.

„Vermutlich hat sie ihr Handy nicht bei sich", erkläre ich begeistert, „aber es besteht kein Zweifel, sie ist es."

Gleichzeitig tippt Andreas die Nummer in sein eigenes Handy ein und durchsucht erst seine Kontakte, dann das Internet. Bei Pavel hatte es schließlich vor gerade einmal drei Tagen auf diese Weise geklappt, seinen Namen hinter der Nummer herauszufinden.

„Ich kann nichts finden", gesteht Andreas nach einer Weile. „Und du bist dir wirklich sicher?"

Immer noch freudig und mit einem leichten Grinsen auf den Lippen beginne ich zu erzählen: „Was die Freundschaft zwischen Celia und mir auszeichnet ist, dass wir nicht allzu viel zusammen unternehmen müssen, um sie aufrechtzuerhalten. Wir haben nie große Ausflüge gemacht oder sind weit weg gefahren, eigentlich haben wir sogar noch nie etwas wirklich Außergewöhnliches gemeinsam erlebt. Wenn wir uns treffen, dann eher unspektakulär und mit wenig Drumherum. Aber es gab diese eine Ausnahme."

Während ich die Geschichte erzähle, fühle ich mich fast wieder dorthin zurückversetzt an diesen Tag. Manchmal bilde ich mir tatsächlich ein, einen Moment in Gedanken noch einmal erleben zu können, doch dann rede ich mir wiederum ein, ich hätte bloß eine viel zu große Vorstellungskraft. Schließlich weiß ich ja, dass das eigentlich nicht möglich sein kann.

„Im letzten Sommer haben wir uns kaum gesehen, allerdings kann ich dir nicht einmal sagen, woran das lag. Zwar schrieben wir uns viel, eigentlich täglich, aber es war, als gäbe es keinen Anlass, dass wir uns trafen. Gegen Ende des Sommers schenkte ich ihr zum Geburtstag entgegen unserer Gewohnheiten einen kleinen Ausflug, fast schon um die Zeit aufzuholen, die wir nicht zusammen verbracht hatten. Celia ist schon immer fasziniert von Segways und träumte davon, einmal eine Tour damit machen zu können. Erst kurz zuvor hatte ich von einem Angebot gelesen, bei dem man die Insel Sylt mit einem Segway erkunden konnte. Ich buchte noch am selben Nachmittag und lud sie auf diesen Kurzausflug dorthin ein."

Für einen Moment unterbreche ich und sehe Andreas an, der weiter interessiert zuhört und gespannt auf das Ende zu warten scheint.

„Mit ihrem Auto und der Autofähre fuhren wir bereits einige Wochen später nach Sylt, als du gerade für ein paar Wochen in deiner Heimat warst, deshalb konntest du das gar nicht mitbekommen. Andreas, ich glaube, dass ich an diesem Tag so glücklich war wie selten zuvor. Weil ich Celia sah, wie glücklich *sie* war. Und weil wir wirklich einmal etwas zusammen erlebt haben, und zwar etwas Unvergessliches."

Nach einem Augenblick sieht Andreas zu mir.

„Das ist eine tolle Geschichte von euch beiden, aber was hat das nun mit dieser Nachricht zu tun? Hat sie dir nicht weitaus Wichtigeres zu sagen als etwas über Möwen?"

Obwohl ich mir zugegeben auch etwas anderes erhofft hätte, verstehe ich, was Celia schreibt.

„Auf unserer Segway-Tour begegneten wir auffällig vielen Möwen, mehr als hier bei uns in Hamburg, sodass wir irgendwann begannen, uns über sie zu unterhalten. Wir entwickelten für jede Möwe, die wir sahen, eine eigene Geschichte, fast als gaben wir jeder eine eigene Identität und einen eigenen Lebenslauf. Es war einerseits ein toller Zeitvertreib während der Fahrten und andererseits hatten wir auf diese Weise immer etwas zu reden."

Andreas runzelt etwas die Stirn.

„Ein Tier beschäftigte uns besonders lange, denn es saß alleine auf dem höchsten Felsen und flog nicht weg, wie es die anderen taten, nicht einmal als wir vorbeifuhren. Bis zu unserer Heimfahrt am Abend fragten wir uns noch, ob diese Möwe, die wir Malte nannten, nicht wegflog, weil sie nicht konnte, oder ob sie bloß nicht wollte. Sicherlich haben auch Möwen ihren eigenen Kopf und machen, worauf sie Lust haben, dachten wir. Und letztlich einigten wir uns in der Tat darauf, dass Malte seinen schönen Platz vermutlich einfach nicht verlassen wollte, weil er zu glücklich war, um ihn aufzugeben."

„Und was glaubst du, was Celia dir damit sagen möchte?", fragt Andreas vorsichtig. In seinem Blick kann ich erkennen, dass er nachdenkt und meine Geschichte ernstnimmt.

„Wenn ich zwischen den Zeilen lese, kann ich es mir vorstellen", antworte ich.

„Zwischen zwei Zeilen?"

Andreas wirkt irritiert.

„Wie sollst du denn zwischen den Zeilen lesen, wenn es nur zwei Zeilen gibt?"

„Ich bin Journalist. Für mich steht sehr viel zwischen diesen zwei Zeilen", entgegne ich.

„Unsere Möwe Malte und Celia sind sich offenbar sehr ähnlich. Celia wäre niemals einfach so von hier weggegangen, ganz ohne Grund und ohne jemandem Bescheid zu sagen. Genau wie unser Malte war sie doch viel zu glücklich an dem Ort, wo sie war, also hätte sie ihn nicht freiwillig verlassen."

Für einen kurzen Moment überlegt Andreas.

„Du glaubst also, sie möchte dir mit dieser Nachricht einen Hinweis geben, dass sie nicht freiwillig abgehauen ist, nicht wahr?"

Ich nicke und lege mein Handy aus der Hand.

Es ist zugegebenermaßen schon etwas seltsam, dass Celia mir diese Nachricht ausgerechnet heute Abend schickt. Sie ist jetzt fast zweieinhalb Wochen verschwunden, meldet sich aber genau an dem Tag, an dem ich zum ersten Mal zu zweifeln beginne an der ganzen Sache.

Ich weiß, Andreas würde das nicht überraschen und er würde vermutlich sagen, ich solle das als ein Zeichen nehmen, weiterzumachen. Eigentlich glaube ich im Gegensatz zu ihm nicht wirklich an solche Dinge, aber in diesem Fall halte ich es tatsächlich für so etwas wie eine Art Zeichen, denn die Hoffnung, Celia zu finden, ist auf einmal wieder da wie am ersten Tag. Obwohl ich ehrlich gesagt, so sehr ich mich über ihre Nachricht gefreut habe und so erleichtert ich gewesen bin, auch etwas enttäuscht bin von dem Inhalt ihrer Nachricht. Zwar bin ich mir nun sicher, dass sie nicht freiwillig verschwunden ist, doch ich habe nicht den blassesten Schimmer, wo sie sich befinden oder was vor mehr als zwei Wochen überhaupt passiert sein könnte.

Die Nummer, von der aus Celia geschrieben hat, können wir beide nicht identifizieren. Ich schlage deshalb vor, Pavels Vertrauen auszunutzen und ihn nach der Nummer zu fragen, aber Andreas redet mir die Idee aus.

„Im Moment haben wir gleich zwei Vorteile: Pavel ahnt weder, dass wir ihm nicht mehr vertrauen, noch weiß er von dieser Nachricht", erklärt er. „Wenn er die Nummer kennt, bedeutet das nicht unbedingt, dass er uns die Wahrheit sagt. Damit könnten wir ihm möglicherweise einen Trumpf zuspielen und er könnte damit vielleicht direkt wissen, wo Celia ist."

Mir leuchtet ein, was er sagt, und ich stimme ihm zu.

„Du wirst ihr ja ohnehin zurückschreiben und diese Nummer stündlich anrufen, das weiß ich", grinst Andreas und sieht mich dabei an. „Aber allzu viel Hoffnung habe ich dabei nicht, denn sonst hätte sie dir gleich anrufen können oder sich schon viel früher melden."

Dennoch scheint Andreas eine Idee zu haben.

„Hast du Lust auf einen kleinen Ausflug nach Nordfriesland?", fragt er mit einem Lächeln und merkt dabei an, dass er schließlich noch Semesterferien und ich mir einen freien Tag verdient habe.

Erstaunt sehe ich ihn an.

„Du meinst, sie ist auf Sylt?"

„Du hast dich doch auch schon gefragt, wieso Lena gestern so plötzlich abgereist ist."

Dabei habe ich ihm gegenüber nie angedeutet, wie komisch ich das tatsächlich fand, ich erinnere mich nicht einmal daran, ihm von ihrer Nachricht erzählt zu haben. Allerdings passiert es mir in diesen Tagen oft, dass ich nicht mehr mit Sicherheit sagen kann, mit wem ich was gesprochen habe, weil ich für meine Verhältnisse gerade viel zu viel spreche.

Zögernd bejahe ich seine Aussage und lasse Andreas ausreden.

„Obwohl ich mich in der Stadt kaum blicken lasse, habe ja auch ich meine Kontakte", scherzt er. „Im letzten Semester habe ich zusammen mit Mors, einem Kommilitonen, an einem Philosophie-Projekt über Zeit und freie Zeit gearbeitet. Wir kamen dabei eines Nachmittags auf die Regelmäßigkeit von Urlauben zu sprechen und Mors erzählte mir, dass Lena Schippers, eine gute Freundin von ihm, jedes Jahr an Pfingsten nach Sylt fährt, um dort im Ferienhaus ihrer Eltern Urlaub zu machen. Damals kannte ich die Lena ja noch nicht, von der er sprach, aber jetzt erinnere ich mich an die Geschichte."

„Und du glaubst, Lena hat mich angelogen und ist nicht nach Süddeutschland gefahren, sondern in das Ferienhaus nach Sylt, weil sich Celia dort versteckt hält?", fasse ich zusammen.

„Es klingt zwar etwas passend zurechtgelegt, aber nicht allzu absurd", erwidert Andreas mit bedeutendem Blick.

„Irgendwo da draußen ist Celia. Wenn unsere einzige Spur eine Möwe ist und uns diese Spur nach Sylt führt, wo Lena, die gestern ganz plötzlich die Stadt verlassen hat, auch noch ein Ferienhaus besitzt, warum sollten wir es nicht versuchen? Dein Chef wird das verstehen."

Mit dieser Einstellung bringt mich Andreas ein wenig zum Lächeln.

„Aber morgen früh klingelt für dich trotzdem der Wecker", merkt er an. „Um Viertel vor sieben fährt unser Zug. Und den werden wir auch nicht verpassen."

» 10.

Mehr als eine Tasche Handgepäck nehme ich nicht mit, denn ich habe schließlich nicht vor, auf der Insel Sylt einen Kurzurlaub zu machen, sondern möchte nur meine beste Freundin finden und sie am besten direkt wieder mit nach Hause nehmen.

Aus irgendeinem Grund, wegen irgendeines Gefühls, bin ich mir sicher, sie heute Morgen dort zu treffen, obwohl ich mir eigentlich nicht sicher sein kann, immerhin haben Andreas und ich uns diesen Ort nur zurechtgepuzzelt aus all dem, was wir wissen und zu wissen glauben.

Dennoch habe ich die Situation bereits unzählige Male in Gedanken durchgespielt, wenn ich auf sie treffen würde. Wo ich sie zum ersten Mal wiedersehen würde, wer außer uns noch dabei sein würde. Wie mein Blick wohl aussehen würde, wie sie wohl aussehen würde. Was ich wohl als Erstes sagen würde, welche meiner vielen Fragen ich wohl zuerst nicht mehr länger zurückhalten könnte. Und vor allem: Welche Erklärung Celia für das Ganze hätte.

Ich selbst kann mir nicht ansatzweise ausmalen, was wohl hinter dieser ganzen Geschichte steckt. Ehrlich gesagt bin ich mir nicht einmal zu einhundert Prozent sicher, ob sie mir alles erzählen würde. Zwar glaube ich fest daran, dass Andreas mit seiner Theorie recht behalten und wir Celia auf Sylt finden werden, aber irgendwie macht mich das trotzdem nicht voll und ganz glücklich.

Ich weiß, das ist idiotisch von mir, denn natürlich wünsche ich mir nichts sehnlicher, als sie endlich zu finden, und ich kann es mir auch nicht so recht erklären, aber irgendwie wäre ich fast schon ein wenig enttäuscht. Etwas in mir würde einfach nicht verstehen, wieso Lena über alles Bescheid gewusst und beide mich nicht in die Sache eingeweiht hätten.

Als ich Andreas, der neben mir noch ein wenig vor sich hindöst, später darauf anspreche, schüttelt er nur den Kopf. Er erinnert mich daran, dass ich mich stets auf das Positive konzentrieren solle, und vermutlich sollte ich wirklich auf ihn hören. Das Positive an diesem Morgen ist, dass ich nicht in der Redaktion sitzen und mir den Kopf über Politik zerbrechen muss, sondern mit der Bahn ganz in den Norden Deutschlands fahre und dabei aus dem Fenster heraus die ersten Sonnenstrahlen beobachte. Und das alles in der Hoffnung, bei meiner Ankunft für die letzten Tage und Wochen belohnt zu werden.

Ich bin froh, als wir nach fast drei Stunden Fahrt endlich den Bahnhof in Westerland erreichen. Fast die gesamte restliche Fahrt über hatte Andreas mit Mors telefoniert, zunächst nur alibimäßig fragend, wie es ihm während der Semesterferien gehe, aber eigentlich natürlich, um an die Adresse des Ferienhauses von Lenas Eltern zu kommen. Die Insel ist zwar nicht groß, doch die Zeit, um jedes Haus abzusuchen, hatten wir auch nicht.

Einen Anruf von Pavel habe ich zur selben Zeit weggedrückt, nicht etwa, weil es schwierig geworden wäre, wenn wie beide nebeneinander im Zug telefonieren. Ich wüsste schlichtweg nicht, was er mir Neues sagen könnte, immerhin war ich vermutlich gerade auf dem Weg zu Celia. Und das wiederum ging Pavel nicht im Geringsten etwas an.

„Die genaue Adresse kannte Mors natürlich nicht", berichtet mir Andreas später, „aber er konnte mir aus Lenas Erzählungen beschreiben, wo das Haus vermutlich liegt. Zu unserem Glück gefällt es ihr dort so gut, dass sie oft genug davon geschwärmt hat und ich mir jetzt zumindest ungefähr vorstellen kann, wohin wir müssen."

Ich erfahre, dass wir in einer kleinen Gemeinde ganz in der Südspitze der Insel mit der Suche ansetzen müssen, an deren Strand auch Celia und ich damals bei unserer Inseltour vorbeigekommen waren.

Wir nehmen uns ein Taxi, um keine Zeit zu verlieren. Auf der Fahrt zeigt sich Andreas, der noch nie zuvor hier gewesen ist, beeindruckt von der Gegend und legt sich fest, mal wieder herzufahren, vielleicht schon an Weihnachten. Angesichts meiner steigenden Nervosität, je näher wir auf das Dorf zufahren, ist mir zwar nicht gerade nach Urlaubsplanung, aber ich willige halbzuhörend ein, dann ebenfalls mitzukommen.

Meine Gedanken sind allerdings ganz und gar nicht im kommenden Sommer, sondern bei dem vielleicht gleich bevorstehenden Wiedersehen mit Celia. Warum auch immer bin ich unglaublich nervös, wie ich es zuletzt etwa vor der Rede bei meinem Abschlussball gewesen bin oder bei meinem Treffen mit dem mittlerweile leider verstorbenen Ex-Bundeskanzler Helmut Schmidt. Vermutlich liegt es daran, dass ich nicht weiß, was in ein paar Minuten auf mich zukommen könnte.

„Das muss es sein!", ruft Andreas auf einmal und zeigt aus dem Autofenster auf ein modernes Haus mit einer kleinen Holzterrasse, die komplett von einer grünen Wiese umgeben ist. Das Haus wirkt auf mich tatsächlich wie ein typisches Ferienhaus, idyllisch und norddeutsch.

Während er die Fahrt bezahlt, starre ich auf das Haus und beobachte, ob sich hinter den Fenstern oder auf der Terrasse etwas bewegt, doch ich kann nichts entdecken. Wir steigen aus und bleiben auf der anderen Straßenseite stehen.

Andreas mustert meinen Blick.

„Und was hast du jetzt vor? Willst du etwa einfach klingeln und sagen: ‚So, jetzt bin ich da'?"

„Ein Versuch ist es wert", entgegne ich und laufe auf die Haustüre zu.

Die Klingel hat kein Schild, verständlicherweise, denn wenn es sich tatsächlich um die richtige Adresse handelt, ist es schließlich ein Ferienhaus. Zögernd drücke ich den Knopf ganz durch und kann den summenden Ton hinter der Türe hören. Obwohl ich es ein zweites und auch ein drittes Mal versuche und genau lausche, folgen keine weiteren Geräusche. Auch Andreas, der mittlerweile zur Tür gekommen ist, hört nichts.

Ich zweifle sofort an allem, was wir taten. Zunächst, ob es das richtige Haus ist, dann, ob wir vielleicht wirklich falsch lagen mit unserer Theorie und weder Celia noch Lena jemals in diesen Tagen auf der Insel gewesen ist. Die Szenarien, die ich in meinem Kopf vorbereitet hatte, löschen sich gerade von selbst und ich setze mich enttäuscht auf die Fußmatte vor der Eingangstüre.

Andreas setzt sich zu mir.

„Ich hätte mir auch gewünscht, dass sie hier ist, Leonard. Das hätte ich wirklich. Leider ist das Leben kein Wunschkonzert und im Moment spielt es zugegebenermaßen eine ganz fürchterliche Melodie. Aber ich verspreche dir, wir werden sie finden. Und dann kommt auch wieder bessere Musik."

Ich bin nicht der Typ Mensch, der schnell zu weinen beginnt, und ich habe es auch während der gesamten letzten fast drei Wochen nicht ein einziges Mal getan, doch in diesem Moment fällt es mir schwer, eine Träne zurückzuhalten. Es kommt mir fast so vor, als sei diese Spur meine letzte Hoffnung gewesen, Celia zu finden.

Weil ich nicht weiß, was ich tun soll, stehe ich auf und gehe in Richtung Strand.

„Bitte gib mir einen Moment, ich bin gleich zurück", flüstere ich Andreas zu und laufe die Straße entlang.

Mich fasziniert die Stille, die in diesem Dorf herrscht. Nicht nur das Ferienhaus selbst, sondern alles hier wirkt so friedlich, so idyllisch schön, als könnten die Menschen hier gar nicht unglücklich sein. Dabei habe ich noch keinen einzigen Menschen getroffen und hoffe auch nicht darauf, das am Strand zu tun. Ein schmaler Fußgängerweg führt zum Meer, das schon von weitem zu sehen ist.

Ich erinnere mich, wie Celia während unserer Tour davon geschwärmt hat und mir sagte, wie sehr sie das Meer liebt. Den Strand und das Meer vor sich zu sehen sei für sie der Inbegriff vom Eintauchen in ein anderes Leben, meinte sie damals einmal, und wenn ich in diesem Moment daran zurückdenke, bekomme ich Gänsehaut. Vielleicht liegt das aber auch an dem kühlen Wind hier direkt an der Küste, der noch etwas stärker ist als bei mir zu Hause.

Ich gehe einige Meter am beinahe menschenleeren Strand entlang und blicke mal auf das lebhafte Wasser, mal auf den ruhigen Sand, nur vereinzelt sind in einiger Entfernung ebenfalls ein paar Spaziergänger zu erkennen. Andreas ist mir nicht gefolgt, ich habe ein paar Mal hinter mich gesehen und das geprüft. Nach einer Weile drehe ich um und entschließe, zu ihm zurückzugehen, ehe er auch noch nach mir suchen muss.

Bevor ich jedoch den Fußgängerweg wieder erreiche, auf dem ich hergekommen bin, sehe ich, wie mir jemand zielgerichtet entgegenkommt. Zwar kann ich lange nicht genau erkennen, wer es ist, doch je näher wir aufeinander zugehen, desto mehr wird mir klar, dass sie es ist. Es ist ihre unverkennbare Art zu gehen, ihre Körperbewegungen, es ist eindeutig für mich.

Wir hatten also doch recht, Celia ist hier. Und sie kommt gerade direkt auf mich zu.

» 11.

Noch aus einigen Metern Entfernung rufe ich ihren Namen. Ich spüre, wie ich auf einmal nicht mehr nur spazieren gehe, sondern deutlich schneller zu laufen beginne. Jetzt kann ich zweifelsfrei sehen, dass es Celia ist. Sie zu umarmen, als ich sie endlich erreiche, ist ein unbeschreiblich befreiendes Gefühl und ich genieße es.

In dem Augenblick wird mir klar, dass sich alles, was ich die letzten Wochen getan habe, der ganze und eigentlich ja viel zu große Aufwand für die Suche nach ihr, alleine für diesen Moment gelohnt hat.

Zum ersten Mal kann ich Andreas verstehen, wenn er wieder mal davon spricht, wie wenig sinnvoll er Zeitmessung finde, weil sich seiner Meinung nach eine Stunde nie gleich lang wie eine andere Stunde anfühlen könne. Denn auch wenn es natürlich nichts Außergewöhnliches ist und öfters einmal vorkommt, dass Celia und ich uns zwei, jetzt fast drei Wochen lang nicht sehen, hat es sich für mich dieses Mal in der Tat sehr viel länger angefühlt als sonst.

Nach einer gefühlt sehr langen Zeit löse ich mich aus der Umarmung und sehe sie an. Ihr Blick verrät mir nicht, was mit ihr los ist, ich kann etwas Glückliches und gleichzeitig etwas Trauriges erkennen.

„Ich bin so froh, hier zu sein", flüstere ich.

Celia lächelt, aber sagt nichts.

„Was ist passiert? Geht es dir gut?"

Meine Erleichterung ist vermutlich unüberhörbar.

„Ich habe Andreas vor dem Ferienhaus gesehen", antwortet sie, „er hat mir gesagt, dass du hierher an den Strand gegangen bist, also kam ich auch her. Dein Ausflug sollte ja nicht ganz umsonst sein."

Celias Stimme wirkt etwas zittrig. Sie spricht ungewohnt ruhig und wenig hektisch, ganz anders als sonst, ganz anders, als ich es von ihr kenne, besser gesagt von ihr kannte. Selbstverständlich merke ich, dass etwas nicht stimmt, doch das hatte ich auch gar nicht anders erwartet, sonst wäre sie schließlich nicht hier.

Für einen Moment sagen wir beide nichts, ehe Celia selbst das Schweigen bricht.

„Du sahst aus, als wolltest du gerade zurückkommen. Hast du trotzdem noch einmal Lust auf einen kleinen Strandspaziergang?"

Ich nicke.

„Du weißt, dass man auch an der Hamburger Alster richtig schön spazieren gehen kann, oder? Dafür hättest du nicht herzukommen brauchen", lache ich nach ein paar Schritten, in der Hoffnung, die Spannung in der Luft zu lösen und Celia zum Erzählen bringen zu können. Immerhin war ich nämlich in der Tat nicht hier, um den Strand zu genießen.

Lächelnd schüttelt Celia den Kopf.

„Und du weißt bestimmt, dass ich sicherlich nicht hergekommen bin, nur weil ich hier am Strand gerne mal eine Runde laufe."

Ernst sehe ich sie an und bleibe stehen.

„Ich habe mir unglaubliche Sorgen um dich gemacht, Celia. Was ist passiert, dass du so plötzlich verschwunden bist und niemandem etwas gesagt hast?"

Mit gesenktem Kopf geht sie langsam weiter und weicht meinem Blick aus.

„Es tut mir wirklich leid, Leonard", höre ich sie sagen, „das ist alles meine Schuld."

Celia steckt beide Hände in ihre Jackentaschen und sieht starr nach vorne, ohne sich ein einziges Mal zu mir zur Seite zu drehen.

„Erinnerst du dich noch an Pavel Gersmann? Laut ihm seid ihr beide früher einmal regelmäßig zum Golfen gegangen", beginnt sie äußerst zögerlich und noch immer in der besagten Ruhe.

„Ja", entgegne ich, „sehr gut sogar. Erst am letzten Wochenende haben wir uns wiedergetroffen. Er ist auch auf der Suche nach dir, sehr akribisch sogar."

Ich beobachte, wie Celia zittert, deutlich stärker, als es der kühle Wind unter ihrem dicken Wintermantel verursachen könnte. In ihrem rechten Auge erkenne ich von der Seite eine Träne, doch sie bleibt dabei, mich nicht anzusehen und die Träne zurückzuhalten.

„Ich hoffe sehr, er hat nicht herausgefunden, wo ich bin", murmelt sie vor sich hin. „Du weißt vermutlich gar nichts davon, aber vor gut drei Monaten haben wir uns in einer Bar kennengelernt, in der ich mit Lena und noch zwei weiteren Freundinnen war."

Zunächst sage ich nichts.

„Wir redeten eine Weile und ich fand ihn ganz sympathisch, und er mich offenbar auch. Am Ende des Abends lud er mich für den nächsten Tag ein, damit wir etwas privater sprechen konnten. Ich hatte dem wie gesagt nichts entgegenzusetzen und stimmte zu."

Obwohl sich Celia sehr bemüht, es zu verstecken, höre ich, wie schwer es ihr fällt, mir diese Geschichte zu erzählen. Das soll nicht falsch verstanden werden, denn eigentlich ist zwischen uns alles geklärt und wir sind schon jahrelang, dreizehn Jahre um genau zu sein, sehr gute Freunde, nicht mehr und nicht weniger. Und doch haben wir uns in der ganzen Zeit irgendwie noch nie so wirklich über Beziehungen unterhalten. Vermutlich habe ich von ihr deshalb nie erfahren, dass sie und Juneau sich früher kannten. Und genau aus diesem Grund fällt es Celia wahrscheinlich auch nicht einfach, mit mir über ihren Flirt mit Pavel zu sprechen.

Sie holt tief Luft und setzt fort.

„Am nächsten Abend sahen wir uns wieder, in der gleichen Bar, nur diesmal geplant und alleine. Es endete, wie solche Abende enden, und ich fuhr mit zu ihm nach Hause. Als wir uns schließlich etwas näherkamen, merkte ich, dass ich das alles eigentlich gar nicht wollte. Du kennst mich ja, das bin ich überhaupt nicht. Aber versuche mal, das Pavel klarzumachen."

Wieder schluckt sie.

„Ich entschloss mich zu gehen und das gleich wieder zu beenden, bevor es richtig anfangen würde. Doch trotz meiner Versuche, Pavel das zu verstehen zu geben, wollte er es einfach nicht kapieren. Er wurde aufdringlich, ließ mich nicht gehen, er schloss die Türe ab, packte mich regelrecht und hielt mich fest. Ich hatte überhaupt keine Chance, er war zu gut vorbereitet, ich konnte mich nicht wehren, weil er es nicht zugelassen hat. Und dann hat er etwas Furchtbares getan."

Mehr und mehr kommt die Hektik in ihrer Stimme wieder zurück. Celia bleibt stehen und fährt sich mit der linken Hand durch ihr Gesicht. Dann wird sie wieder ruhiger.

„So etwas vergisst man nie wieder, Leonard. Er hat mich behandelt, als sei ich sein Spielzeug."

Ich drehe mich zur Seite und möchte sie umarmen, aber sie lässt es nicht zu und geht stattdessen weiter.

Lange Zeit sagt sie nichts, und auch ich weiß nicht, was ich sagen soll. Als ich die Geschichte vor wenigen Tagen von Lena erfahren habe, war ich bereits schockiert, doch das Ganze noch einmal von Celia selbst zu hören, ist ungleich schlimmer.

„Eigentlich wussten nur Pavel und ich davon", erklärt sie, „ich hätte es nie geschafft, mit jemandem darüber zu reden. Allerdings arbeitet er in unserem Unternehmen, was ich anfangs gar nicht mitbekommen hatte. Doch dann wechselte er auch noch unmittelbar nach dieser Sache in den Außenbereich und fuhr ausgerechnet die gleiche Tour wie ich, sodass ich ihm öfter begegnen musste. Es war wahnsinnig schwer für mich, das auszuhalten. Kurz darauf erfuhr ich zudem von einem gemeinsamen Arbeitskollegen, der ihn wohl etwas besser zu kennen scheint, dass Pavel insgeheim plane, sich für die Bürgerschaftswahl im nächsten Herbst aufstellen zu lassen. Da war mir klar, dass ich das verhindern müsste."

Zum ersten Mal sieht mich Celia an und ich kann ganz deutlich ihren entschlossenen Blick erkennen.

„Kaum hatte ich davon gehört, rief ich Pavel an. Wahrscheinlich bildete er sich etwas darauf ein, dass ich ihn anrief, doch da kannte er den Grund dafür noch nicht. Ich machte ihm unmissverständlich klar, ich würde seine Kandidatur verhindern, denn jemand wie er durfte einfach nicht in unsere Bürgerschaft einziehen. Zunächst lachte er mich aus, aber als ich damit drohte, unsere Geschichte öffentlich zu machen, verging ihm das Lachen ziemlich schnell."

„Du hast ihn erpresst?"

Celia schüttelt den Kopf.

„Natürlich wollte er mit allen Mitteln verhindern, dass jemand von der Sache zwischen uns erfuhr. Wer würde immerhin noch seine Stimme für einen Menschen wie ihn abgeben, der so etwas Schreckliches getan hat. Also bot er mir Geld, um sich mein Schweigen mutmaßlich zu *erkaufen*. Kurz dachte ich daran, es anzunehmen."

Mit großen Augen sehe ich zu ihr.

„Aber damit wäre ja mein Ziel nicht erreicht worden", fährt sie eilig fort, „er hätte bloß brav seine monatliche Summe an mich überwiesen und wäre womöglich trotzdem gewählt worden. Daher lehnte ich ab und sagte ihm, er könne nicht verhindern, dass ich eines Tages mit einem Journalisten darüber sprechen würde, spätestens nach Bekanntmachung seiner Kandidatur. Und es gebe nichts, was er mir bieten könnte, damit ich es nicht tun würde."

Ich kann mir bereits denken, wie Pavel darauf reagiert haben muss.

„Das bedeutete für ihn, er musste sich etwas anderes einfallen lassen, um dich zu stoppen", deute ich an.

„Und genau das tat er auch, denn ein paar Tage hörte ich nichts mehr von ihm, vermutlich, weil er sich erst einen Plan ausdenken musste. Der war anschließend allerdings leider ziemlich gut durchdacht. Denn kurze Zeit später fand ich in der neuen Ausgabe von *On Hold*, das Magazin, das ich abonniert habe, eine ziemlich echt aussehende Einlage. Ich machte mir ehrlich gesagt auch keinerlei Gedanken über die Echtheit, immerhin rechnete ich dabei nicht einmal ansatzweise mit einem Trick. Laut der eingelegten Anzeige suchte das Magazin angeblich Beiträge für die kommende Ausgabe, vor allem im Politikteil, und rief die Leser scheinbar dazu auf, ihnen spannende Geschichten einzuschicken. Wie Pavel wohl spekuliert haben musste, sah ich das als perfekte Gelegenheit an und schrieb prompt eine E-Mail an die angegebene Adresse. Ich erklärte, dass ich eine Exklusivgeschichte für sie hätte und alles Weitere persönlich erzählen würde."

Dass das alles inszeniert worden war, konnte Celia offenbar nicht ahnen, wie sie weiter beschreibt.

„Nur einen Tag später bekam ich einen Anruf von einem vermeintlichen Journalisten der Zeitschrift, der sich gerne mit mir treffen wolle. Zunächst einmal nur kurz für einige grundlegenden Infos und um zu erfahren, ob die Geschichte wirklich Potential für eine Story in ihrem Heft hätte. Ich versprach, dass wir uns im Hirschpark treffen könnten, und plante, Lena mit zu dem Treffen zu nehmen, damit ich nicht alleine mit dem fremden Journalisten wäre.

Offenbar hatte ich dabei doch schon ein etwas komisches Gefühl, was sich ja später auch als richtig herausstellen sollte, aber ich ging trotzdem mit Lena zum vereinbarten Treffpunkt. Das war am besagten Freitagmorgen um kurz nach neun Uhr."

„Moment, ich dachte, Lena und du seid zum Joggen verabredet gewesen?"

Celia verneint, was mich irritiert.

„Lena war die Einzige, der ich einen Tag vor dem Treffen von der ganzen Sache erzählte. Das musste ich auch, sonst wäre sie schließlich nicht mit mir gegangen. Sie musste mir versprechen, sich an unsere vereinbarte Version zu halten, nach welcher wir uns für eine Runde joggen trafen und eben nicht für ein Gespräch mit einem angeblichen Journalisten."

Die Frage, wieso sie sich mir nicht anvertraut hatte, verkneife ich mir, doch sie geht mir durch den Kopf, während Celia spricht. Es hätte genügend Argumente gegeben, weshalb ich der richtige, zumindest ein sehr guter Ansprechpartner gewesen wäre, sei es als Freund oder als hauptberuflicher Politikjournalist, oder beides.

Um die Situation allerdings nicht noch unangenehmer für sie zu machen, als es ohnehin scheint, versuche ich, den Gedanken wieder zu verdrängen und ihr zuzuhören.

„Wir trafen uns mit dem Mann, der sich weiterhin täuschend echt als Journalist ausgab. Als er sah, dass ich nicht alleine gekommen war, wurde er etwas nervös und schrieb eine kurze Nachricht auf seinem Handy, das er allerdings rechtzeitig wegsteckte, ehe wir ihn erreichten. Zunächst blieb er freundlich und wir wechselten einige Sätze über mein Vorhaben, aber an seiner Reaktion merkte ich sofort, dass etwas nicht stimmte. Ich versuchte zwar, das Gespräch irgendwie abzubrechen, doch er ließ es nicht so recht zu und hakte immer mehr nach, vermutlich um zu sehen, welche Details ich bereit bin zu veröffentlichen. Für einen kurzen Augenblick lenkte er Lena ab und zog mich plötzlich an sich, hielt mir ein Messer dicht unter mein Kinn und flüsterte Lena zu, sie solle ganz leise und unauffällig einfach gehen, wenn sie wollte, dass mir nichts passierte. Unglücklicherweise befanden wir uns einige Meter abseits des Weges sichtgeschützt hinter einigem Gestrüb, sodass uns niemand so recht beobachten konnte. Ich nickte Lena vorsichtig zu und sie tat, was er sagte."

Mein Blick wird skeptischer.

„Das bedeutet, sie ist einfach weggelaufen und hat dich deinem Schicksal überlassen?", frage ich wahrscheinlich etwas zu überspitzt.

„Natürlich nicht", erwidert Celia und fährt sich noch einmal mit ihrer Hand durch das Gesicht. „Während der Mann Lena nachsah und prüfte, dass sie auch wirklich nicht zurückkam, nutzte ich seine Unaufmerksamkeit und versuchte, ihm das Messer abzunehmen. Leider gelang das nicht ganz so wie geplant und wir rangen etwas. Zum ersten Mal in meinem Leben machte sich mein Selbstverteidigungskurs aus der achten Klasse bezahlt, erinnerst du dich noch?"

Meine Mundwinkel zuckten zu einem kurzen Lächeln.

„Mir gelang es, seinen Arm so weit zu kontrollieren, dass er sich selbst in die Brust stach und zu Boden ging.

Natürlich dachte ich im ersten Moment nur daran, schnellstmöglich abzuhauen, ehe ich Pavel aus der Entfernung langsam, aber zielgerichtet auf mich zukommen sah. Ich nahm das Messer an mich und lief in die andere Richtung. Leonard, noch nie zuvor bin ich so schnell gerannt wie an diesem Morgen."

Jetzt war mir auch klar, wieso Pavel so dringend nach Celia suchte.

„Glaubst du, er hat dich gesehen?"

„Wenn ich ehrlich bin, weiß ich es nicht", murmelt sie und zuckt mit den Schultern, „aber ich denke nicht, denn sonst wäre er mir nachgelaufen. Er kümmerte sich nur um den Mann, wie ich beobachten konnte, als ich beim Laufen zur Sicherheit immer wieder über meine eigene Schulter sah. Doch natürlich war mir klar, dass er früher oder später auf die Suche nach mir gehen würde, er wusste ja offenbar von dem Treffen und dass ich die einzige Person sein konnte, die für die Verletzung des Mannes verantwortlich war. Ich hoffte, Lena wiederzufinden, doch sie war weder im Park noch zu Hause. Aus Angst vor Pavel und weil ich weiß, wozu er vermutlich fähig sein könnte, wollte ich auch nicht nach Hause, denn dort würde er mich sofort finden. Also beschloss ich, ganz wegzugehen und die Stadt zu verlassen."

Die Art und Weise, in der Celia die Geschichte erzählt, überrascht mich, denn es gelingt ihr weitestgehend unaufgeregt, fast als würde sie aus einem Buch vorlesen. Dennoch spüre ich, dass es ihr immer noch nicht gutgeht.

„Ich setzte mich in die nächste einfahrende U-Bahn und versuchte nach wie vor verzweifelt, Lena zu erreichen", setzt sie fort. „Erst nach einem halben Dutzend Haltestellen nahm sie ab und war heilfroh, von mir zu hören. Am Telefon beschrieb ich, was passiert war und dass ich einfach nur noch wegwollte aus der Stadt, also schlug sie das Ferienhaus ihrer Eltern hier auf Sylt vor, das im Moment sowieso unbewohnt war. Sie erklärte mir das Versteck des Ersatzschlüssels und versprach, so bald wie möglich nachzukommen, wenn es niemandem mehr auffallen würde. Ohne Gepäck, abgesehen von dem, was ich sowieso immer dabeihabe, löste ich ein Ticket und war beinahe dreieinhalb Stunden später hier."

„Der Mann war Stefan Gersmann, Pavels Bruder. Mein Arbeitskollege konnte das herausfinden. Vermutlich hast du in den Nachrichten mitbekommen, dass die Verletzung tödlich war."

Celia sieht mich mit einem leidenden Blick an.

„Ich weiß nicht, wie ich damit klarkommen soll. Leonard, ich habe einen Menschen umgebracht!"

Diesmal weicht sie meiner Umarmung nicht aus.

„Du hast doch nur getan, was nötig war", versuche ich sie zu beruhigen. „Hättest du dich nicht gewehrt, würdest du vielleicht jetzt dort liegen."

„Aber ich habe einen Menschen umgebracht!"

Verzweifelt wiederholt sie diesen Satz ein weiteres Mal und beginnt dabei zu weinen.

Für einen Moment stehen wir einfach nur da, sie in meinen Armen und ich mit dem vergeblichen Versuch, sie irgendwie zu trösten.

Ich sehe Celia ernst an.

„Und was hast du jetzt vor?"

Mit ihrem Ärmel wischt sie sich ein paar Tränen ab und geht wieder wenige Schritte, bevor sie antwortet.

„Ich hatte nun mehr als zwei Wochen lang sehr viel Zeit hier, um mir das genau zu überlegen", beginnt sie ganz behutsam.

„Letztendlich habe ich mich dazu entschlossen, nicht zurückzukommen."

Ihre Worte treffen mich mitten ins Herz und versetzen mir einen deutlich spürbaren Stich. Schlagartig bleibe ich stehen und versuche, mich im Gleichgewicht zu halten, denn auf einmal überkommt mich ein seltsames Schwindelgefühl. Gerne hätte ich sofort etwas entgegengesetzt, doch ich weiß nicht, was ich sagen soll, bringe kein Wort heraus.

Zum Glück übernimmt Celia das erste Wort.

„Leonard, ich weiß, was du sagen möchtest, aber ich habe sehr lange darüber nachgedacht und bin zum dem Ergebnis gekommen, dass ich mich zu Hause einfach nicht mehr wohlfühlen kann. Mal ganz abgesehen davon, dass ich ein Menschenleben auf dem Gewissen habe und ohnehin nicht einfach morgen zurückkommen kann, als sei seither nichts gewesen. Jeder kennt mein Gesicht!"

Noch immer bin ich fassungslos und suche nach den passenden Worten.

„Was bedeutet das?"

Es ist das Einzige, was ich über die Lippen bekomme.

Celia greift nach meinem Arm.

„Dir wollte ich die Wahrheit sagen, deshalb meine Nachricht. Ich konnte dir nicht einfach sagen, wo ich bin, weil ich nicht wusste, wer die Nachricht womöglich noch in die Finger bekommen könnte, aber ich war mir sicher, dass du mich mit diesem Hinweis finden würdest."

Ihre Stimme ist weicher geworden und hat den kühlen und nacherzählenden Charakter wieder verlassen.

„Ich weiß noch nicht, wann und wohin, aber so schnell wie möglich. Deshalb habe ich auch Lena hergerufen, sie hilft mir bei der Suche nach einer neuen Heimat."

„Celia, ich kann mit dir kommen", biete ich sofort an, ohne genauer darüber nachzudenken, was das bedeuten würde.

Sie schüttelt lächelnd den Kopf.

„Du weißt genau, dass das nicht geht. Du hast einen tollen Job hier, eine Freundin und bist viel zu glücklich mit deinem jetzigen Leben. Das kannst du nicht aufgeben, und wenn du dich ernsthaft mit dem Gedanken auseinandersetzt, weißt du das auch."

Irgendwie bin ich viel zu sehr überrumpelt von all dem, was Celia mir in den letzten Minuten gesagt hat, als dass ich darauf antworten könnte. Ohnehin habe ich keine Ahnung mehr, was ich noch sagen soll.

„Ich werde mich auf jeden Fall mal bei dir melden."

Ich glaube, das soll mich trösten. Ihre Entscheidung scheint festzustehen, sie wird nicht mehr zurückkommen.

» 12.

Auf dem Weg zurück zum Ferienhaus sprechen wir kaum noch miteinander. Immer wieder höre ich eine Stimme in meinem Kopf, es sei doch die letzte Gelegenheit, noch einmal mit ihr zu reden, aber mir fällt einfach nichts ein, was ich sagen könnte.

Nur einmal flüstert mir Celia etwas zu.

„Ich habe alles mitbekommen, und den Rest hat mir Lena gestern Abend erzählt. Die Show am Freitag habe ich natürlich auch live gesehen."

Für einen Moment sucht sie nach den richtigen Worten.

„Was du alles für mich getan hast, weiß ich wirklich sehr zu schätzen, Leonard. Ich glaube nicht, dass es noch einen Menschen gibt, der so viel in Gang gesetzt hätte, nur um irgendjemanden zu finden."

„Du weißt, dass du nicht *irgendjemand* bist", unterbreche ich sie, „niemand sonst wäre mir das wert gewesen."

Einen Augenblick lang schließt Celia die Augen und lächelt. Noch einmal möchte ich es von ihr hören.

„Und du bist dir wirklich ganz sicher mit deiner Entscheidung?"

Eine ganze Weile reagiert sie gar nicht darauf, nickt aber schließlich. Wenn auch etwas schwerfällig.

Ich hole tief Luft und sehe auf das Meer.

„Höre einfach auf dein Herz", spreche ich vor mich hin, ohne meinen Blick von den Wellen abzuwenden. „Jemand, von dem ich sehr viel halte, hat mir das einmal gesagt. Er überzeugte mich davon, das müsse so sein, immerhin schlug das Herz schon lange, bevor man denken konnte."

Wieder sagt Celia nichts dazu, sondern scheint bloß abzuwarten, bis wir endlich in den schmalen Fußgängerweg einbiegen und bereits kurz darauf wieder am Ferienhaus ankommen.

Andreas sitzt noch immer vor der Türe und wartet, doch als er uns kommen sieht, steht er auf und läuft uns entgegen. Ohne etwas zu sagen, liest er unsere Blicke und scheint zu verstehen.

„Du wirst hierbleiben, nicht wahr?"

Celia stimmt ihm zu.

„Zumindest, bis ich einen anderen Ort gefunden habe. Ich kann nicht zurückkommen."

Ich bin froh, dass Andreas nicht weiter nachfragt, sondern mir stattdessen seine Hand auf die rechte Schulter legt. Gedankenverloren blicke ich vom Boden auf.

„Gehen wir", murmle ich in seine Richtung, „es gibt keinen Grund mehr, wieso wir noch hierbleiben sollten."

Schon immer hatte Andreas ein gutes Gespür für Situationen und so sagt er uns, er würde ein Taxi rufen, kommt allerdings erst einmal nicht wieder. Auch Lena, die zwischenzeitlich zurückgekommen ist, bleibt im Haus und lässt uns beide alleine vor dem Eingang.

Zwar habe ich noch immer keine Idee, was ich sagen sollte, als hätte mir Celia mit ihrer Entscheidung all meine Worte schon in der Entstehung zerschlagen, doch ich genieße es irgendwie, noch ein paar Minuten neben ihr zu verbringen, wohlwissend, dass ich nicht weiß, wann wir die nächsten gemeinsamen Minuten verbringen oder wann ich überhaupt wieder von ihr hören würde.

„Du weißt, dass ich das nicht freiwillig mache", bricht sie nach einer mir ewig vorkommenden Zeit unser unangenehmes Schweigen.

Ich bejahe, habe mich aber selbst noch nicht richtig davon überzeugen können, ob es wirklich keinen anderen Weg für sie gibt oder ob sie nur keinen anderen Weg suchen möchte.

Um nicht wieder schweigend dastehen zu müssen, suche ich nach einer Frage.

„Was soll ich den Leuten sagen? Man wird mich früher oder später fragen, ob die Suche erfolgreich gewesen ist."

„Sag ihnen, dass du mich nicht gefunden hast", entgegnet Celia, „irgendwann werden sie schon aufhören zu fragen."

Zweifelnd, ob ich in der Lage sein werde, die ganze Geschichte einfach totschweigen zu können, die Leute in meiner Heimat, meine Freunde, sogar anzulügen, akzeptiere ich ihre Antwort.

Für sie war das offenbar eine Lösung.

An den Moment der Verabschiedung denke ich noch lange. Dieses Bild, Celia am Straßenrand stehend, während unser Taxi langsam anfährt, Celia immer kleiner werdend und wir irgendwann so weit weg gefahren, dass ich sie nicht mehr erkennen kann, bleibt ewig. Es ist ein Bild, das ich nicht aus meinem Kopf bekommen kann.

Nie werde ich wohl ihren Blick vergessen, eigentlich eine Mischung aus Trauer und Hilflosigkeit, aber versteckt hinter einem fast schon kühl wirkenden Gesicht, das ich so von ihr nie gekannt habe. Zum ersten Mal seit dreizehn Jahren habe ich das Gefühl, nicht mehr zu wissen, ob ich sie richtig kenne.

Als wir heute Morgen diese Reise antraten, hätte ich nie daran gedacht, Celia das letzte Mal zu sehen, ich dachte vielmehr an das erste Mal nach langen knapp drei Wochen. Und jetzt fahre ich dieselbe Strecke zurück, wieder nach Hause auf das Festland, und mit jeder Sekunde weiter weg von ihr, ohne anhalten oder umdrehen zu können, ohne es verhindern zu können.

Andreas merkt mir an, wie unglücklich ich bin, das ist auch kein Geheimnis und vermutlich unschwer zu erkennen. Lange sitzt er einfach nur neben mir und sieht mich an, schweigend, was ganz angenehm für mich ist.

„Wenn ich etwas tun kann, sag einfach Bescheid", bietet er nach einer Weile an. Ich rolle meinen Kopf auf der Lehne des Sitzes entlang zur Seite.

Irgendwann überwinde ich mich zu sprechen.

„Danke für alles, Andreas."

Auch er dreht seinen Kopf zu mir.

„Auch, wenn es umsonst war, hast du mir wirklich geholfen und bist jetzt sogar mit mir hergefahren."

„Es gibt keinen Grund, dich bei mir zu bedanken. Du hättest genau dasselbe getan."

Andreas überlegt kurz und richtet sich schließlich in seinem Sitz auf.

„Ich weiß, dass es schwer ist, jetzt gerade positiv zu denken. Und im Moment scheint auch wirklich nichts Gutes an der Sache dran zu sein. Aber das wird sich ändern, glaub mir. Im Leben wechseln nun mal immer wieder die Protagonisten, ein paar schon nach sehr kurzer Zeit und andere bleiben länger. Doch nicht alle Menschen reißen immer nur eine Lücke in uns, sondern machen vielleicht auch nur Platz für etwas oder jemanden Neues."

Nach wie vor weiß ich nicht, ob ich glücklich darüber sein soll, die Wahrheit zu kennen, oder ob es mir lieber gewesen wäre, weiterzusuchen und irgendwann einfach wirklich aufzugeben. Es ist schwer zu sagen, ob die Enttäuschung über ihre Entscheidung schwerer wiegt oder die Erleichterung darüber, dass Celia noch am Leben ist.

Aber die Hauptsache ist, dass sie mich nicht angelogen hat, so wie wir es mit all den anderen zu Hause machen werden. Ich denke, sie hätte das bei mir auch gar nicht geschafft, denn es gibt Menschen, die man einfach nicht anlügen kann, egal wie gut das Konstrukt zu sein scheint. Bei manchen Menschen hat man sofort dieses eine ganz bestimmte Gefühl, und dagegen hat selbst die beste Lüge keine Chance.

Für mich war sie immer eine solche Person gewesen. Eine Freundin, der es irgendwie gelungen ist, mir ein Gefühl von Heimat in ihr zu geben, egal wo ich bin. Letztendlich werde ich nun aber zusehen müssen, dass ich dieses Gefühl woanders finde, in einer anderen Person oder an einem anderen Ort.

Wahrscheinlich muss ich akzeptieren, was Celia gesagt hat. *Jede Möwe fliegt wohl irgendwann einmal davon.* Ich war früher immer ziemlich schlecht in Biologie, doch ich weiß, dass sich Möwen merken, woher sie kommen. Und ich weiß auch, dass sie dorthin wieder zurückfliegen, zumindest, um ihren Partner dort zu treffen.

Ob ich diese Hoffnung nun tatsächlich als Happy End für die ganze Sache bezeichnen würde, kann ich schwer beurteilen. Doch ein normales Happy End habe ich ohnehin nicht erwartet, dafür war bei uns schon von Beginn an viel zu wenig normal.

Wie es jetzt weitergehen wird, weiß ich noch nicht.

Möglicherweise fahre ich an Weihnachten ja noch einmal nach Sylt, am besten mit Andreas, er wollte doch so gerne mal dort Urlaub machen.

Ich glaube nicht wirklich daran, Celia dort zu treffen, sie wird dann bestimmt schon am anderen Ende der Welt in einem Flieger sitzen. Aber vielleicht sehe ich stattdessen ja unsere Möwe wieder, dort am Strand, alleine auf dem höchsten Felsen.

Angeblich kehren sie ja alle irgendwann einmal dahin zurück, wo sie hergekommen sind.